M

OCT 08 2019

Spanish
Fiction
Rogel. W

LA ILUMINADA MUERTE DE MARCO AURELIO MANCIPE

Wilson Rogelio Enciso

FINALISTA
IV Concurso Internacional de Novela
Contacto Latino

Cualquier coincidencia con la realidad no deja de ser más que una simple casualidad, producto de la fantasía popular, quizá.

La iluminada muerte de Marco Aurelio Mancipe
Todos los Derechos de Edición Reservados
©2016, Wilson Rogelio Enciso
Arte Portada © 2016 Camila Quevedo
Pukiyari Editores

Prohibida la reproducción total o parcial de este libro. Este libro no puede ser reproducido, transmitido, copiado o almacenado, total o parcialmente, utilizando cualquier medio o forma, incluyendo gráfico, electrónico o mecánico, sin la autorización expresa y por escrito del autor, excepto en el caso de pequeñas citas utilizadas en artículos y comentarios escritos acerca del libro.

ISBN-10:1-63065-049-8
ISBN-13: 978-1-63065-049-0

PUKIYARI EDITORES
www.pukiyari.com

"Cuando el agua viene sucia del aljibe…"

Especial reconocimiento y agradecimiento a mi compañero de trabajo y amigo: el doctor Hernán Villalba Lamprea, quien me acompañó y asesoró en la gestación de esta novela

Prólogo

Cuando esta novela, con título original "De mala prosapia", llegó a mis manos y leí sus primeras páginas quedé enganchada. Encontré un sabor reminiscente de los grandes de la literatura latinoamericana de fines del siglo pasado que me incitó a continuar degustándola. Sabía que en mis manos tenía un libro de un autor que tal vez era desconocido en ese momento, pero a quien nuestro IV Concurso Internacional de Novela Contacto Latino podría reconocer. Después de todo, el objetivo de este concurso y de todo lo que hacemos en Pukiyari Editores es descubrir y promover el talento literario iberoamericano.

Junto con docenas y docenas de manuscritos, esta novela con auténtico sabor costumbrista colombiano pasó de mis manos a la de los jueces para su evaluación y deliberación. Las palabras de Wilson Rogelio Enciso estaban sueltas en plaza.

A los pocos meses me enteré que el escritor español y juez Luis Miguel Helguera San José valoró esta novela en primer puesto durante la primera ronda de selecciones. Helguera San José escribió al respecto: "Muy buena novela, cerrada y diferente, en la línea del realismo mágico y muy bien narrada, historia familiar de raíces profundas con ecos de Orwell (1984), de misteriosos submundos con una estructura aparentemente sencilla, pero que al acabar la novela se aprecia que está concebida como un todo. Muy buen trabajo".

"De mala prosapia" no llegó a alcanzar el soñado primer puesto del concurso, pero quedó finalista, y es así como regresó a nuestras manos.

La rebautizamos "La iluminada muerte de Marco Aurelio Mancipe", un título que honra su estirpe y expresa añoranza de una literatura trabajada palabra por palabra, con manos de artesano, como la que nos regala Wilson Rogelio Enciso.

La idea es sencilla: El abogado Villarte y el curandero Iluminado indio Guarerá fraguan una estrategia para apoderarse del patrimonio del iletrado gamonal Marco Aurelio Mancipe cuando éste, afectado por una sensación de muerte, acude al despacho del jurisconsulto para hacer su testamento. Lo que acontece entre estos tres es lo que lleva a la historia a extremos que a momentos parecen tomadura de pelo; pero en el entorno de la novela todo va, y hasta parecería la revancha del universo contra Mancipe, quien además de controlar su región por las buenas o por las malas, ha procreado bajo "contrato" con su padre, y para que él y su díscola esposa recibieran cada vez más grandes y mejores propiedades, cinco engendros; cada cual con monstruosos hábitos y extravagantes prácticas.

Cerrando y apretando cada vez sobre su marca, Mancipe, el Iluminado le hace consumir pútridos brebajes, seguidos de remedios de corta intervención, que lo van matando de a pocos. Asimismo, envía a su pueblo a los inescrupulosos "Servidores de la Iglesia de Dios", quienes, basándose en la fe y en augurios subcontinentales, no solo hacen que el pueblo acuda al "Templo de Asistencia Espiritual Gratuita" en donde se les alela, sino que tejen una filigrana de rumores sociales que genera anodinos e interminables conflictos.

Nos complace pues presentar al mundo "La iluminada muerte de Marco Aurelio Mancipe". Esperamos que la disfruten y que su lectura los incite a conocer más acerca de la obra de Wilson Rogelio Enciso.

Ani Palacios

Escritora/Ganadora del ILBA 2010, 2011, 2014
Presidente, Contacto Latino
Presidente, Pukiyari Editores

A diferencia del funeral de su abuela, Alcira Mencino, cuatro meses antes, y, más aún, el de su bisabuelo, Bernardo Mencino, cuarenta y cuatro años atrás; el suyo, el de Olegario Arturo Mencino, fue austero en asistentes y luctuosa parafernalia. Y no solo durante la velación en la funeraria, también lo fue durante la misa y en el posterior desplazamiento al cementerio del barrio Siete de Julio, en la capital de aquel esquinero y subcontinental país. En ese popular camposanto fue incinerado su cadáver durante la lluviosa tarde del viernes 12 de octubre, así como dejadas sus cenizas en uno de los escasos osarios públicos disponibles. Despojos que nadie volvió a visitar, tampoco a llevarle flores, ni a rezarle, y menos aún a reclamarlos tras los cinco años establecidos para su caritativa, cristiana, gratuita y temporal disposición.

A esas protocolarias, sociales, populares y obligantes manifestaciones de duelo no asistieron sus dos hermanas, tampoco sus sobrinos, ni sus cuñados, ni familiar ni conocido adicional alguno; mucho menos representantes de la curia, del gobierno de la capital o de alguna de las ramas del poder político del Estado. Clientela a la cual por más de veinticinco años Olegario Arturo Mencino sirvió con su anónimo, callado, efectivo, discreto y poco remunerado ejercicio de corrección de estilo. Trabajo que realizó sobre los borradores de los escritos jurídicos, eclesiásticos, gubernamentales, políticos, y hasta literarios, de su "excelsa" clientela. A excepción de su jefe inmediato; su por nadie sabido tío segundo materno: padre Alirio Cifuentes; tampoco asistieron a sus funerales los empleados de la eclesiástica editorial La Moderna, empresa en la que trabajó por casi treinta y siete años consecutivos.

Por la sala cinco de la funeraria Ramo de Olivos, allá, en la calle 42 con avenida Carabobo y, después, en la misa celebrada en la iglesia Sor Teresa, se hicieron presentes Gilda Mencino y Adelaida Durán —la madre y la esposa del difunto. Eso sí, distanciadas, sin hablarse, casi sin mirarse. Lo propio hicieron los tres hijos de Olegario Arturo. Para entonces Olegario Perea, su padre biológico, ya no podía valerse por sí mismo. Olegario Perea nunca oyó, de ninguno de los dos hijos que procreó con Gilda Mencino, la tan esperada por él, súplica personal y directa de sus vástagos para que los reconociera y, por ende, "ahí sí", otorgarles su apellido, es decir: el Perea. Él, para aquella ocasión recibió de Azucena, su captora y esposa, un rotundo no por respuesta a su solicitud de ser llevado al velorio o, al menos, a la misa de su hijo Olegario Arturo. No valieron argumentos, súplicas, ruegos, enojos y, menos, lágrimas en sus ojos para hacerle cambiar a Azucena su inicua resolución de impedírselo.

Nadie más asistió al velorio. Solo un pequeño ramo de catleyas ubicado sobre el económico féretro, no incluido en el "combo básico" funerario que canceló el padre Alirio Cifuentes, "animó" la estancia en duelo;

el escenario de aquel postrer sainete en la vida de los hombres. Nacionales orquídeas que su hijo Ignacio José Mencino Durán, con algunos ahorros que tenía, compró al darse cuenta de que su padre no iba a tener en esos luctuosos eventos, en su despedida final, en su postrero adiós, sufragio o arreglo floral alguno; pese a todo lo que hizo en vida... y, no solo por ellos, por su familia, sino por otras tantas personas, y hasta por la sociedad; *independientemente de lo bien o mal que le hubieran salido las cosas al viejo*, pensó en ese momento Ignacio José.

Pero, y a diferencia de los asistentes a los funerales de Alcira y de Bernardo, aquellos escasos y conmovidos dolientes sí lloraron el silencio del adiós causado por el fallecimiento de Olegario Arturo Mencino. Estos sí advirtieron en sus almas su inédita partida; con sinceridad; sin interés alguno; sin pretensión inicua; sin ambages. Su repentina muerte les generó un vacío en sus existencias; incluso, en las de sus dos difíciles hijas, así como en la del introvertido y distante Ignacio José, quien acababa de cumplir veinticinco años y estaba próximo a graduarse como administrador de negocios... Además, quien, tras la desaparición de su progenitor, era, al parecer, el único de los descendientes de Bernardo Mencino, alias "El Devastador", que llevaba, no solo su sangre, sino su apellido —la "marca" Mencino— y, por ende, podría transferírselos a su inmediata generación antes de que se cumplieran los primeros 33,333 días sentenciados por el padre español, don Aníbal Sarmiento, allá, a comienzos del siglo anterior (el de la ignominia nacional), en el municipio de Oroguaní, al centro occidente del país, de donde era

El padre Alirio sabía que no debía destruir aquellos infaustos folios. Conocía la fatal posibilidad cabalística que implicaba destruirlos o dejarlos en otras manos que no fueran en las del, al parecer, el último de los descendientes cobijados por la maldición del poderoso tres. Creía el padre Alirio que era a Ignacio José Mencino Durán, tataranieto de Bernardo Mencino, a quien le correspondía, en suerte, perpetuar o ultimar, continuar o acabar, la tríada de la desgracia nacional. Imprecación impuesta inicialmente sobre la familia Mencino por el reverendo padre Sarmiento, allá, en el municipio de Oroguaní, ubicado al occidente del departamento Central, en el centro occidente del país; como respuesta a la grotesca broma y burla que Bernardo le hizo a la medianoche de aquel Viernes Santo de la segunda década del siglo anterior, el siglo de la ignominia nacional, con el ochenta y cuatro años después vuelto historia pueblerina, leyenda popular: "Grito del Diablo".

A sus, de un momento a otro, cincuenta y seis años de edad, a Germán Villarte Lopera le mortificaba, de forma íntima y callada, cada día con mayor intensidad, ser una persona carente de logros y, por el contrario, con un abultado portafolio de fracasos. Y esto, pese a su rancio y por demás capitalino abolengo, a su obsoleto y aristocrático origen, a su excelsa y bondadosa formación, y a su gran capacidad profesional, intelectual y cultural; que de todas maneras tenía y sabía que tenía; pero que solo explotaba poco y de vez en cuando, por lo general con maledicencia e inefable rencor social y patrio.

Desde muy joven, pero, de manera enfermiza después de los cuarenta años, Villarte Lopera idealizó una sociedad y una cultura a la cual le hubiera gustado pertenecer. Para tal frenesí tomó como referente a los antiguos griegos; comunidad integrada, según su concepción, por individuos a los que siempre llamó y admiró como hombres únicos, perfectos, incomparables, irrepetibles; y no solo en las artes en general, o en los desarrollos de múltiples disciplinas, o por su insuperable capacidad atlética; sino por la donosura y belleza de sus físicos... refiriéndose, respecto a esta postrera cualidad —a la lindeza física de sus rostros y cuerpos— de manera concreta y exclusiva, al género masculino: ¡los hombres!

La helénica, por su inigualable e inalcanzable cultura y física perfección —según su vehemente y pregonada concepción—, era el modelo de sociedad que Germán Villarte Lopera confrontaba y contrastaba con la de su país, y en particular, con la de su ciudad natal, la capital y sede del Gobierno Nacional. Tan acalorada elucubración mental, tal frenesí, atormentaba y humillaba su existencia; pues, encontraba hondas e insuperables diferencias entre su modelo de sociedad, su tipo ideal, y aquella chanflona y degradada en la que, por desgracia, según su perenne decir, le correspondió vivir. Por tal quid, quizá, se le enconó de manera crónica en el alma un recóndito e intrincado odio, un descompuesto repudio y una malsana prevención contra su entorno y congéneres, con mayor razón, contra toda forma y manifestación de institucionalidad pública y privada, contra el régimen político, gubernamental, social, eclesiástico, económico, cultural... es decir: ¡casi contra todo!

Pese a esa silente repulsa que se cocinaba en su interior, Villarte Lopera, con habilidad e inteligencia, solía usar y sacarle provecho, sin cuartel ni miramiento alguno, a ese sistema y a la sociedad que atacaba de forma artera, cuando de subsistir o cuando de algún beneficio que de allí pudiera sacar se trataba. Sistema en el cual, además, se movía con versatilidad inusual, dado su conocimiento y dominio que tenía de aquel. Competencia que lo llevó a ocupar cargos algo sobresalientes tanto en el Estado como en la empresa privada. Villarte Lopera fue juez civil del circuito de la ciudad capital durante nueve años; Alcalde Zonal de la misma ciudad capital en tres oportunidades, y con gobiernos tanto liberales como conservadores; además, fue asesor jurídico en seis entidades oficiales, no solo del nivel nacional, sino del territorial. Fue profesor universitario y abogado litigante en lo penal, comercial y civil, sin ininterrupción y desde su graduación como Doctor en Derecho, Ciencias Políticas y Sociales, en la facultad de Derecho de la Universidad La Patria. Claustro en el que, además, fue alborotador estudiantil en sus años mozos. Cargos y roles, todos estos, en los cuales figuró, no con fortuna, mucho menos con significativas o elogiables resultas. Por el contrario, solía utilizar la estrategia que él sabía y había comprobado de manera reiterada que era la más eficaz para mantenerse en las huestes laborales, en particular en las oficiales, así como en los negocios privados que, por desgracia para sus mandantes, le otorgaban: ajustar, velozmente y sin ambages de ninguna índole, su criterio personal, profesional y laboral al del que en ese momento detentara el poder y de quien podría valerse o aprovecharse; o podría satisfacer sus personales y oscuros intereses; o facilitarle su enfermizo afán de vengarse, de desquitarse, de cobrarle a la indigna y supina sociedad en la que muy a pesar suyo tenía que vivir, por conducto de este o de aquel individuo en particular, el hecho de no ser, de no pensar, de no actuar como lo hicieron —renegaba y disertaba, con gran vanidad y muy seguido— "los insuperables griegos, la cultura superior; aquella sociedad sin par, incomparable e irrepetible... En especial —reiteraba con vehemencia y locuacidad el abogado Villarte Lopera— los presocráticos, los atomistas, los físicos; como Heráclito de Éfeso, Parménides de Elea,

Anaxágoras de Clazomene, Anaximandro y Anaxímedes de Mileto, Leucipio, Demócrito de Abdera; o como Sócrates, Platón y Aristóteles; o como Aristarco de Samos; o como Esquilo, Sófocles, Eurípides; o escribir, narrar y loar como Píndaro, Tucídides u Homero; o explotar la lúdica como Aristófanes".

Además de los clásicos griegos, Germán Villarte Lopera leía, siempre de manera inconstante e inconclusa, y gratis, allí, en la abrigada y cómoda salita de clientes de la Librería Leer, ubicada en la avenida Gonzalo Quesada de Bridar —a seis cuadras de donde él tenía una vieja, desordenada y mal amoblada oficina— cuanto texto se exhibía, relacionado, bien con la Revolución Francesa, o con el Liberalismo Moderno, o con la Revolución Cubana, o con el Gaitanismo. Sus autores preferidos eran Georg Wilhelm Friedrich Hegel, John Locke, Jean-Jacques Rousseau, Francois-Marie Arouet (Voltaire), Charles-Louis de Secondat, Barón de Montesquieu, Maximilien Francois Marie Isidore de Robespierre, René Descartes, Thomas Hobbes y Friedrich Nietzsche, entre muchos otros y de donde, al parecer, fundó, al comparar su modelo idealizado contra el que lo rodeaba, su bien refundido y escondido pensamiento anárquico, antigubernamental y esquizofrénicamente asocial; quizá como mecanismo de desplazamiento y compensación por lo que sentía pero que no le convenía expresar de manera abierta y pública. O, tal vez, quizá, también, a título de desquite por el estruendoso fracaso en sus dos matrimonios, en especial con el primero, y en particular por la situación, dolorosa e insuperable, de su beodo y alcoholizado hijo mayor, sobreprotegido y malcriado por su madre, la primera de sus esposas, con la que volvió después de fracasar en su segundo hogar. Solo sus pocos amigos, la mayoría "íntimos", que integraron su reducido núcleo de confianza, conocieron, compartieron y discernieron con él al respecto.

El abogado Villarte Lopera, mental, recóndita y reducidamente, celebraba toda acción que perjudicara al régimen o al Gobierno de turno, así como a la empresa o al cliente con quien, en ese momento, estuviera trabajando; sin importarle que aquello lo afectara también a él. Solía instigar, con soslayo y destrucción, en ese mismo sentido, las mentes de sus alumnos en las universidades en las que orientaba asignaturas de Derecho Internacional Público, Comercial, Constitucional, Penal, Ética y Derechos Humanos, sus asignaturas predilectas. Lo hacía mediante subliminales discursos y lecturas que preparaba con meticulosidad y cuidado para asegurar la certeza proyectada de lo buscado. Les inoculaba a sus discípulos en sus endebles pero abonados pensamientos y sentires, ávidos de conocimientos, el acíbar de la vida que a él lo consumía. Ponzoña que afloró, años más tarde y entre muchos otros, no solo en su discípulo preferido: Ignacio José Mencino Durán; sino, también, tal vez, fue la inspiración que tuvo Roberto Mancipe Gómez para concebir su inconclusa y refundida teoría sobre el Estado y la Democracia Trunca.

Entre las innumerables y truculentas actividades que el doctor Villarte Lopera ejecutó en su oficio de abogado, quizá las más refinadas y horrendas, por sus finales y macabras consecuencias sobre sus afectados mandantes y víctimas, fueron las que adelantó en contubernio jurídico-operativo con el Indio Guarerá; sin olvidar, por supuesto, el crimen que cometió para instar quedarse con el patrimonio del empresario capitalino Nepomuceno Cartagena Foriga. Cuando el Indio Guarerá inauguró en la capital del país su Catedral para la Orientación y la Asistencia Espiritual, enfrentó algunas dificultades para que las autoridades locales le otorgaran la respectiva licencia de funcionamiento para su novedoso establecimiento en el que proveía "salud" física, pero, en especial, "alivio" —barato— "mental" a tantos desesperados, desesperanzados e incomprendidos capitalinos.

El negocio consistía, y así se describió en la solicitud de licencia, en la comercialización de servicios tales como la quiromancia, la iriología, el tarot, los rezos para la suerte, la fabricación de milagros y la venta de "fórmulas", "contras", "riegos", "bebedizos" y "remedios" concomitantes y complementarios a dichas y muy pronto masivas y jugosas "consultas". Por tal razón, para evitar el inminente cierre de su negocio, el cual llevaba catorce meses abierto, el Indio Guarerá buscó, al azar, a un jurisprudente. Por caprichos del destino al primero que encontró en el directorio telefónico de la entonces monopólica Empresa de Teléfonos de la Capital (E.T.C.) fue a Germán Villarte Lopera. Este abogado, de manera rápida le "resolvió" el problema gracias a los suculentos honorarios ofrecidos y pagados, los cuales motivaron al jurisconsulto a emplearse a fondo en el asunto y a concurrir a su insuperable capacidad de manejo y uso indiscriminado, abierto y descarado, de sus entronques en las entidades oficiales, tanto en la administración pública como en la rama judicial. Desde luego que ello le implicó al Indio Guarerá "invertir"; sin escatimo de ninguna índole, y en diligentes, ávidos, rapaces, voraces y corruptos funcionarios de tales entidades, una considerable cantidad de su mal habido dinero proveniente de las sedes ubicadas en las ciudades de Tundá, Villa del Carmen, Neira, Florencia y Motoa. En dichas poblaciones usaba, cada vez distinto, algunos de sus motes aborígenes para despistar a sus necesitados, desesperados, pero, sobre todo, incautos y casi todos acaudalados pacientes.

Sorprendido por la efectividad y sagacidad del abogado Villarte, el Indio Guarerá no dudó en plantearle una alianza estratégica dentro de una de sus diversificadas e ilegales fuentes de ingresos que nutrían las arcas de aquel negocio. Desde luego que Germán Villarte Lopera no se pudo (o no se quiso) resistir a la tentadora oferta y fue, a partir de entonces, y hasta finales del siglo XX, la centuria de la ignominia nacional para los republicanos más necesitados, además de su socio jurídico estratégico, el abogado defensor de Rómulo Vinchira Torcuato, nombre real del Indio Guarerá, oriundo no, como él decía, de El Paunil, en el departamento de Altomayo, de donde tomó su nombre comercial, sino de Santa Rosa de Viterbol, al norte del departamento de Bocaná.

A partir de aquel servicio el doctor Villarte se convirtió en la mampara normativa de Vinchira para todos aquellos casos en los que algunos de sus clientes, pacientes o deudos de aquellos, le instauraron demandas por diversos aspectos; en especial por estafa, daños, perjuicios; o, incluso, por homicidios colaterales, derivados, aunque nunca judicialmente comprobado, por la ingesta de los "remedios" y pócimas por él formulados y vendidos. Litigios de los cuales, en esos casi veintidós años, Vinchira Torcuato salió exonerado de toda responsabilidad penal, civil y comercial, no solo por la "efectividad" jurídica del abogado Villarte, sino por el refinado *modus operandi* del "curandero" y charlatán aquel; más refinado y sanguinario aún después de que se fraguó y consolidó la alianza Vinchira-Villarte. El rol principal de Villarte en la sociedad, además de lo inherente a la defensa judicial de su poderdante, consistió en la "legalización" y "tercerización" de las propiedades que los "pacientes" del Indio Guarerá perdían, siempre a favor, de forma directa o indirecta, de Vinchira Torcuato, y mediante alguno de los consejeros espirituales adscritos a la Catedral para la Orientación y la Asistencia Espiritual.

Quizá el más ingenioso como ignominioso de esos casos fue el de Marco Aurelio Mancipe: un campesino, gamonal, sesentón y cacique político del Sumapaz; aún propietario de varias y productivas, así como inmensas, fincas, casas urbanas y almacenes de grano y electrodomésticos. Predios todos estos ubicados en su pueblo natal, San Vicente de Sumapaz, muy cerca de la capital del país. Bienes todos "traspasados" final y "legalmente", y en metálico efectivo, en un breve lapso, a las inexpugnables arcas de Vinchira Torcuato. Desde luego que en ese hartazgo el doctor Villarte tuvo un papel protagónico, y no solo en la férrea y corrupta defensa judicial que liberó de toda responsabilidad a Vinchira ante la demanda por estafa que le interpusieron Lucracia y Flavia Francisca Mancipe Gómez, las dos sobrevivientes hijas herederas de Marco Aurelio Mancipe. Logró Villarte en tal pleito, gracias a sus entronques judiciales, que por "reparto" el proceso le correspondiera a un juzgado de su "confianza" y "manejo", y en donde además aceptaron quedarse tan solo con el diez por ciento de lo "producido", y no como en otros despachos en los cuales los incólumes funcionarios administradores de la justicia exigían porcentajes inauditos, lo que hacía inviable el "negocio". El corrupto es al erario como el oso al panal, a quien por su grasa piel no lo afecta de la abeja su picuda hiel, en tanto fluya por sus fauces la exquisita y pegajosa miel.

De aquella operación jurídica Villarte fue el gestor, el autor intelectual de la truculenta, habilidosa y efectiva estrategia que puso en marcha Vinchira para que su víctima de turno, Marco Aurelio Mancipe, fuera vendiendo sus propiedades y entregando en "custodia", en las manos del santo protector: el Maestro y Profesor Luz de Esperanza, un testaferro de Vinchira, toda su fortuna. Villarte fue también el cerebro operativo para que de forma paulatina las evidencias y los obstáculos jurídicos; en los ciento veintitrés ignominiosos casos similares al de Mancipe, en los que la dupla Vinchira-Villarte trabajó y "coronó" con éxito económico; se esfumaran, se invalidaran, o de lo contrario, se diluyeran, refundieran o perdieran, tratándose de pruebas e indicios inanimados, o fenecieran, accidentaran, enfermaran, desaparecieran, suicidaran o murieran, bien por causas "naturales", bien por circunstancias inexplicables, cuando de testigos, víctimas y familiares, demandantes o no, abogados y, desde luego, díscolos funcionarios judiciales se trató.

Germán Villarte Lopera conoció a Marco Aurelio Mancipe seis meses antes de asociarse con Vinchira Torcuato. Marco Aurelio acudió a la oficina del abogado, ubicada en el centro de la capital, frente al edificio Murillo el Torero, recomendado por uno de sus paisanos al que Villarte le había resuelto, años atrás, un pleito de alimentos. Marco Aurelio Mancipe había decidido heredarles en vida a sus hijos todo su patrimonio, de tal manera que cuando él muriera no dejara problemas de esa índole, y estos perpetuaran su apellido y poder económico, político y social en la región, el departamento y la nación. Y lo quería hacer así, pues extrañamente presentía que iba a morir pronto, y eso lo estaba traumatizando.

Marco Aurelio Mancipe le enfatizó al abogado desde la primera consulta que quería morir en paz y con la conciencia tranquila. Desde ese mismo día Villarte comenzó a fraguar una estrategia para quedarse con parte o con la totalidad de aquel botín, tal y como lo había hecho, años atrás, con el patrimonio del comerciante capitalino Nepomuceno Cartagena Foriga, pero evitando los errores que entonces cometió y que casi le costaron su libertad; lo que al final le implicó compartir, con la pléyade de sus cofrades judiciales que le evitaron ir a la cárcel, el ciento veinte por ciento del "producido". En efecto, más de lo que se apropió. Al asociarse con Vinchira Torcuato, de inmediato Villarte supo quién lo haría por él, sin exponerse tanto y evitando, esta vez, derramar sangre por su propia mano, y en forma directa, como sucedió con Nepomuceno; aunque no experimentaba por ello ningún grado de remordimiento. Por el contario, algo, "eso", lo refocilaba en secreto. Eso pernoctaba en sus genes.

Al año de estar yendo al consultorio del doctor Villarte, quien ya le tenía inventariadas y ubicadas, pero sobre todo, destinadas todas sus propiedades y diezmada fortuna, aún significativa, Marco Aurelio Mancipe recibió de su asesor jurídico una inusual sugerencia para que investigara y resolviera la razón de su sensación de proximidad a la muerte. La solución de su paranoia, le dijo Germán Villarte en esa oportunidad a Marco Aurelio, con toda seguridad estaba en las "manos" del Iluminado: el muy consultado, reputado y por demás acertado Indio Guarerá. Que ese docto hombre, le recalcó el abogado, con toda seguridad le iba a encontrar y a dar una explicación y una pronta y efectiva solución a su problema; pues, a criterio de él, de Villarte, lo más seguro era que la perturbación de su tranquilidad tenía que ver con magia negra que alguien en su pueblo le estaba practicando, a lo mejor para quitarle toda su riqueza y dejar desprotegidos a sus hijos. Que tuviera mucho cuidado y pusiera de inmediato su caso en conocimiento de un experto, de un profesional en esas cuestiones; y nadie mejor que el Iluminado Indio Guarerá, aquel sabio, humilde, desinteresado y empírico homeópata, heredero de los secretos de su padre, el por demás renombrado y acertado Profesor Orinoco, probo hombre al servicio de los necesitados llaneros, de las almas desesperadas que vivieron en aquellos sabanales territorios nacionales; de todos aquellos seres sin consuelo durante las décadas de los cincuenta y sesenta; de personas que como ahora él, Marco Aurelio Mancipe, fueron, con toda seguridad, "trabajadas" por espíritus malignos, por mentes criminales insaciables, y que de no haber sido, en ese entonces, por la acción del reputado Profesor Orinoco, el progenitor del ahora Iluminado Indio Guarerá, y sus acertados diagnósticos y remedios, habrían tenido un terrible desenlace, una muerte atroz, tras la pérdida de sus riquezas y propiedades a manos de inescrupulosos.

Frente a tan intimidante exordio, Marco Aurelio Mancipe de inmediato le solicitó a su abogado que lo pusiera en contacto con ese hombre, pues algo así sospechaba él. Que con toda seguridad, le dijo a su abogado, que quien lo estaba "trabajando" en San Vicente de Sumapaz podría ser una vieja amante a la que ya no le colaboraba económicamente; o tal vez sus enemigos políticos, los herejes comunistas del Concejo; o un nuevo comerciante, quien llegó tres años atrás y le puso competencia a sus negocios; o tal vez los jornaleros de sus fincas, quienes nunca estaban a gusto con lo "justo" que él les pagaba; y hasta podría ser el mismo señor cura párroco, quien estaba muy enojado con él desde hacía cinco años cuando él, Marco Aurelio, decidió disminuirle, de manera sensible, sus colaboraciones económicas a la parroquia. También sospechaba hasta de su propia esposa. Ella, quien lo había abandonado por un joven y buen mozo concejal comunista de San Vicente de Sumapaz.

Germán Villarte Lopera le comunicó que con mucho gusto iba a interceder ante el Iluminado para que le concediera lo más rápido posible una cita, ya que el común de los mortales, normalmente y por la multitud de solicitudes en turno, y que aumentaban a diario, tardaban hasta cuatro y cinco semanas, en promedio, para ser atendidos, después de haber cancelado los cinco mil pesos de la consulta ordinaria. Marco Aurelio, ante tal información, le ofreció a Villarte una impresionante suma de dinero para que acelerara tal gestión, pues a partir de ese momento aquel hombre sintió que tenía que ponerse en las manos del Iluminado; se conminó para entregarle los problemas de su alma a tan ilustre y benemérito hijo de Dios, y también, sin saberlo, disponerle su patrimonio e integridad física.

Pese a los veinticinco mil pesos que canceló para ser atendido en forma extra, y por acordada y amañada estrategia entre aquellos dos timadores (Villarte y Vinchira), solo quince días después el Indio Guarerá le concedió a Mancipe, "y eso que haciendo una inusual y gran excepción", le manifestó Villarte a Mancipe, diez minutos para escucharlo y comenzar a investigar su caso, el cual, por lo que había en su aura; le notificó muy preocupado el Indio Guarerá a su "paciente" cuando lo tuvo frente a frente en su "consultorio", merecía urgente, extraordinaria y especial atención y cuidado; ya que fuerzas nefastas, oscuras y poderosas se cernían, no solo sobre su existencia, sino que amenazaban, también, con terrible inminencia, las de sus familiares y seres queridos más cercanos. Lo cual implicaba inmediata acción, investigación y aplicación sin reservas ni escatimo alguno de poderosas, muy costosas y exclusivas "contras" que había que mandar de inmediato a preparar en el mismo centro del Amazonas, único sitio en el mundo en donde se producía, extraído de la raíz del árbol Guare Guareta, el componente fundamental para intentar contrarrestar los primeros y por demás nocivos efectos inherentes a su caso. Que por tal razón, le enfatizó el Iluminado, siempre y cuando él, Marco Aurelio, lo deseara y decidiera de manera "voluntaria", debía hacer una consignación inicial e inmediata de cincuenta mil pesos.

Anestesiada su mente ante la locuacidad y la verborrea ininteligible del Iluminado, a Marco Aurelio Mancipe solo le quedó en claro que su vida y las de sus hijos pendían de un hilo, cuya resistencia en ese momento dependía en exclusiva de lo que pudiera hacer aquel individuo. Entonces aceptó sin reparo alguno todo lo que aquél le dijo, como el girar de inmediato un cheque por el valor indicado y a nombre de una persona que no conocía pero que tampoco preguntó de quién se trataba. En la recepción de aquel establecimiento, tras entregarle el cheque a una de las asistentes del Indio Guarerá, que como aquel estaba ataviada con estrafalaria indumentaria indígena, y siguiendo las órdenes que recibió del Iluminado, Marco Aurelio le escuchó con religiosa atención y sepulcral silencio, por espacio de otros diez minutos, las precisas instrucciones que él, Marco Aurelio, tenía que seguir al pie de la letra, si quería que el proceso de "limpieza" iniciara y concluyera con eficacia.

Entre las indicaciones verbales dadas, las más importantes eran el absoluto silencio y la incomunicación de todo esto. Es decir, a nadie, ni siquiera a sus hijos, podía comentarles ni hablarles de ello, pues no se sabía quiénes podrían ser los perpetradores del fulminante y criminal conjuro maléfico del que estaba siendo víctima. Así mismo, tendría que estar atento a cuanta instrucción se le diera, realizando de forma exacta y cumplida lo mandado. Que mientras llegaba el tratamiento, que tardaría de dos a tres semanas, se enclaustrara en una de sus fincas, tratando de que su paradero fuera conocido por el menor número posible de personas. De igual manera, que esa misma noche comenzara a darse baños con las hierbas que aquella mujer le entregó, sin costo, "gratis", en una bolsa de papel amarillo, sin logotipos ni leyendas de ninguna índole. Hierbas que nadie, solo él, podría ver, oler, tocar y usar, le recalcó la asistente.

A los veinte días de la primera cita con el Iluminado Indio Guarerá, Marco Aurelio fue de nuevo llamado al "consultorio" para hacerle entrega de la "contra" que acababan de traerle desde el mismo centro del Amazonas, le dijo aquél; para darle otra serie de instrucciones, aún más truculentas que las primeras; para informarle que a partir de los iniciales estudios efectuados por el sapiente equipo de investigadores de aquella congregación, se había concluido sobre la intensa gravedad que revestía su caso; razón por la cual lo tenía que asumir un ser muy especializado y superior a él, al Indio Guarerá, es decir, su propio maestro; personaje aquel en extremo desconocido por seguridad y quien solo se encargaba de casos exclusivos como el de Marco Aurelio. Que, si lo deseaba, le propuso el Iluminado a Marco Aurelio, le daba su dirección secreta hasta donde debía ir dentro de algunos días. Pero, sobre todo, Marco Aurelio fue citado para solicitarle que girara un nuevo cheque por cincuenta mil pesos más, en pago por el saldo del brebaje que debía comenzar a tomar cada veinticuatro horas, y por lo menos durante cuarenta y cinco días; y para indicarle que acatara y cumpliera el tratamiento y recomendaciones que el Profesor y Maestro Luz de Esperanza, adonde se le remitía, le ordenara, le indicara; pues, de lo contrario, ponía en riesgo inminente de muerte a sus hijos, a sus seres queridos cercanos, y a él mismo, por supuesto.

El cheque, por la exorbitante cifra indicada, fue girado de inmediato a nombre de otra persona, de la cual Marco Aurelio tampoco quiso saber nada. Él tenía impactada, anonadada su alma, enturbiado su discernimiento con la noticia de la gravedad del asunto. Su única esperanza, concibió de inmediato Marco Aurelio, consistía en creer en las palabras del Iluminado, quien tan de "generosa" forma le "obsequió" otras dos raciones de milagrosas hierbas para los baños que se venía efectuando en la intimidad nocturnal, en una de las alcobas de la casa principal en su finca más aislada y retirada del pueblo, como le indicaron. Baños estos que lo hacían sentir algo relajado y tranquilo, al menos mientras se los daba. ¡Sí!, en ese instante su única alternativa fue creer en aquellas sabias y prudentes palabras; es decir, que mientras él se tomara la contra que le acababan de entregar, el nocivo efecto del trabajo (maleficio) que le estaban practicando sus enemigos se iba a mantener inactivo; y retumbó y se impregnó en su mente la "súplica" del Iluminado: «Por favor, buen hombre, no deje de tomar la contra y, menos, de darse los baños, al menos hasta cuando lo reciba y diagnostique el Profesor y Maestro Luz de Esperanza, su único salvador». Antes de salir del "consultorio", el Iluminado le advirtió, le enfatizó, lo amedrentó, sobre lo importante que era para su vida y la de sus hijos mantener en perfecto secreto toda esta situación, así como el sitio que Marco Aurelio había elegido para el proceso de limpieza y sanación.

Tras unos días de espera, y otros cincuenta mil pesos de desembolso por concepto de consultas, de una segunda dosis de la contra amazónica y de tres talegos "obsequiados" con hierbas para baños, Marco Aurelio Mancipe al fin obtuvo la cita con el Profesor y Maestro Luz de Esperanza. Tal personaje lo recibió en el barrio La Feria, al occidente de la capital, en uno de sus consultorios alternos y, «exclusivamente dispuesto para atender su caso», le indicó la asistente del Iluminado al entregarle el papel con la dirección, por supuesto con la insistida recomendación de ir solo, de no contarle a nadie de ese sitio privado, de acudir única, cumplida y tan solo cuando se lo indicara el Maestro, y siempre de noche.

La dirección del Profesor y Maestro Luz de Esperanza entregada a Marco Aurelio Mancipe correspondía a un local muy pequeño, frente al parque principal del barrio La Feria, en una casa de inquilinato. Local tomado días antes en arriendo por una mujer blanca, alta, de pelo castaño, con acento sureño, quien se identificó ante el propietario del inmueble con una cédula robada, la de Amelia Rodríguez. Mujer, esta última, de tez negra y pelo crespo, oriunda del Pacífico, en el suroeste del país, según los datos y la foto consignados en el documento de identificación. El propietario del inmueble, en su afán de arrendar y obtener recursos que necesitaba, tal vez no se percató de tal ardid, ya que la solicitante no puso objeción alguna por los tres mil pesos, correspondientes al canon mensual manifestado; lo cual fue por demás del agrado para el arrendador, más aún cuando recibió, por adelantado, lo correspondiente a dos meses. En ese cuchitril solo había un desvencijado escritorio de metal, sin nada encima, ni dentro de los carcomidos cajones; una silla con brazos, destinada para el Profesor y Maestro Luz de Esperanza, y otra, sin brazos, para el paciente. La minúscula ventana que daba a la calle fue cubierta con un trapo morado, lo que hacía que el recinto se viera más lúgubre, frío, oscuro y húmedo; concordante con el único bombillo, de muy baja potencia —40 vatios— que iluminaba mortecinamente las recién pañetadas, pintadas y desnudas paredes, y el techo decorado con el pincel de la humedad, huérfano de mantenimiento por más de diez años, al menos.

Hasta ese sitio llegó Marco Aurelio Mancipe, solo, como le indicaron, aquel lluvioso anochecer de octubre. Lo hizo caminando desde el paradero del bus urbano ubicado a siete cuadras del "consultorio". El olor a humedad del recinto instaba ser disimulado con el de un hostigoso y dulzón incienso, por demás barato, comprado por la asistente del Profesor y Maestro Luz de Esperanza en los puestos ambulantes ubicados en el costado occidental de la iglesia San Juan de Dios, sobre la carrera Central, en el centro de la capital del país. Era la misma mujer que había tomado en arriendo aquel local y quien para esa ocasión vestía con estrafalaria, descontextualizada e indefinida indumentaria, además de cubrir su cara con una exagerada cantidad de velos de seda multicolor. La asistente estaba parada al lado izquierdo de un hombre quien, con toda seguridad, pensó Marco Aurelio al ingresar al recinto, era el Profesor y Maestro Luz de Esperanza, personaje quien, de primera vista, le generó sentimientos encontrados, desconfianza, mal agüero. Marco Aurelio no sabía la razón de tal presagio. Tal vez por lo flaco, por lo desgarbado, por lo alto, o, quizá, por lo mal "empacado" en esa túnica blanca que no hacía juego con su indumentaria y que inútilmente insistía cubrir; tal vez para no dejar ver que se trataba de un ropaje muy común, ordinario y casual (pobretón), pensó lúdicamente Marco Aurelio, a la vez que hacía un enorme esfuerzo para evitar y estrangular la sonrisa que forzaba insolente por escaparse, por asomarse a su rostro demacrado por el desvelo y la intranquilidad inoculada desde cuando se puso en manos del Iluminado, pero, sobre todo, ante el mal comer propiciado por el daño de estómago que comenzó a causarle la ingesta de la "contra" a partir de la segunda botella, pero que por amenazantes instrucciones del Iluminado siguió tomando, ya que precisamente la diarrea era una evidencia de la "limpieza", algo molesta, le reconoció el Iluminado, que comenzaba a obrar en sus contaminados intestinos; los cuales, de forma paulatina, irían expulsando las porquerías y bichos que desde hacía más de tres años le estaban haciendo crecer en sus entrañas sus ocultos y soterrados enemigos.

El pálido y famélico Profesor y Maestro Luz de Esperanza, y desde ese primer instante, le causó a

Marco Aurelio Mancipe "mala espina". Marco Aurelio nunca pudo, en su mente, considerarlo con respeto; tampoco sentirle admiración o simpatía alguna. Como sí sucedió, al comienzo, con el Indio Guarerá, hasta cuando, ya al borde de la muerte por la disentería que le causó el brebaje "amazónico" que le hizo tomar, Marco Aurelio comprendió que había sido objeto de una gran estafa orquestada por este. Tampoco pudo encontrarle razón ni justificación alguna al rimbombante apelativo con el que era llamado aquel espantapájaros, es decir: el Profesor y Maestro Luz de Esperanza. Desde luego que jamás se lo dijo, ni a él ni a nadie; solo lo pensaba cada vez que lo veía o se acordaba de él. Lo cual no quería decir que el aludido no se hubiera dado cuenta de la desconfianza y poca simpatía que le sentía y profesaba su primer "paciente". Por tal motivo, aquel testaferro instó ser contundente con su proceder; el mismo que le fue indicado por el Iluminado.

Avelino Gacharná, nombre de pila del Profesor y Maestro Luz de Esperanza, no podía desperdiciar esta, tal vez la única y última oportunidad de "trabajo" que le estaba brindado el Iluminado Indio Guarerá. Él, un caribeño cincuentón, sufrió la desgracia del desempleo durante los últimos doce años, tras haber sido declarado insubsistente en el Instituto Nacional de Tierras, producto de una reestructuración administrativa, flagrantemente clientelista, mediante la cual fueron destituidos los funcionarios caribeños conservadores y reemplazados por liberales del noroeste del país. Pública gestión esta concordante con la filiación política y procedencia del nuevo ministro de Agricultura; cartera a la cual estaba adscrita aquella entidad oficial en la que el ingeniero mecánico Gacharná trabajó como jefe de adquisiciones sus últimos diecinueve meses con el Estado, en el nivel nacional. Al ser declarado insubsistente, Avelino tan solo ajustaba dieciocho fraccionados años de servicio y aportes para pensión, quedándole aún pendientes dos años de trabajo y sus respectivas cuotas para la Caja de Previsión, y ocho para cumplir la reglamentada edad. Pero, como quiera que su paisano, padrino y compadre, el exsenador Mejía, no fue electo para el Congreso, y tal vez nunca más lo volvería a ser por los quebrantos de salud que lo mantenían alejado de la plaza pública, y por ende de su electoral clientela, amén de las múltiples investigaciones por corrupción nacional que contra él cursaban en varias instancias jurídicas, fiscales y administrativas, Avelino se vio impelido a rebuscar ingresos por fuera de la nómina oficial, y lo único que encontró fue lo que le ofreció el Indio Guarerá cuando fue a consultarlo.

Por tal trabajo, Gacharná se empeñó a fondo en aquel primer encargo del Iluminado, y desde el mismo día que conoció y tuvo en sus manos a Mancipe. Procedió, entonces, a hablarle con sobreactuada propiedad, certeza y seguridad de las personas que lo estaban "trabajando" mediante inescrupulosos y criminales maleficios que le tenían infectado su sistema digestivo con renacuajos rosados, lombrices llaneras y sabandijas del río Norteguaza. El Profesor y Maestro Luz de Esperanza refirió, ante su cautiva e inerme víctima, sitios y fechas exactos, precisos; y le citó por los nombres, apellidos, sobrenombres e, incluso, características y mañas más comunes, no solo de su abandonada y vengativa amante, sino de los tres herejes concejales de izquierda que le hacían mayor oposición en San Vicente de Sumapaz, de su desleal competidor comercial y de los ocho trabajadores más sediciosos de sus fincas. También le habló con mucha propiedad sobre el enojo del cura párroco de su pueblo y, por supuesto, no ahorró esfuerzos para demostrarle que sabía lo de su esposa, quien ahora convivía con el hereje izquierdista concejal aquel. Por tal razón, Marco Aurelio creyó y aceptó, con callada irreverencia, lo que aquel despojo de hombre le dijo, predijo y ordenó hacer en adelante; pues, además de sorprenderse por las revelaciones que tal desconocido le hizo de su vida pasada y presente, anegó su por demás atribulada mente de infinito miedo, de mayor angustia y desesperación, ante la certeza, veracidad y contundencia de lo que de aquellos el Profesor y Maestro Luz de Esperanza, disfrazado de quién sabe qué, le hablaba. Por supuesto que coadyuvó muchísimo en su creencia y nefasto obrar inmediato el haber olvidado, el no recordar, hasta instantes antes de morir, que toda, o gran parte de esa información, él mismo se la había suministrado, tiempo atrás, a su abogado, al doctor Germán Villarte Lopera. Y, desde luego, que tampoco, nunca, jamás, se enteró de que los datos no confiados por él a Villarte sobre estas y otras tantas personas de su entorno, los averiguaron los hombres y las mujeres que desde cuando se puso en las manos del Iluminado Indio Guarerá, este envió a su pueblo como parte del equipo que terminaría por apoderarse de todo su aún cuantioso patrimonio, y de su vida.

El inmundo y letal brebaje, "recetado" al inicio del proceso de "limpieza" por el Iluminado Indio Guarerá, desde luego que el Profesor y Maestro Luz de Esperanza, por orden de aquél, se lo siguió suministrado, se lo siguió haciendo tomar a Marco Aurelio Mancipe durante el lapso que lo fue desposeyendo de sus inmuebles. Propiedades que, con por demás diligencia, Germán Villarte Lopera gestionó y legalizó ("cuadró") en notarías y oficinas de registros de instrumentos públicos, de tal forma que nadie pudo reversar las ficticias ventas. El brebaje que llevaría a la muerte a Marco Aurelio Mancipe era fabricado en la trastienda de la Catedral del Indio Guarerá, allá, en la avenida Carabobo con calle 54, en la ciudad capital. Utilizaban como insumos principales los entresijos crudos de los cerdos que sacrificaban en una de las porquerizas que mantenía Vinchira en el cercano municipio de Cámeza, rumbo a Villa del Carmen. Eran, incluso, visibles dentro de la amarillenta, sanguinolenta y pútrida agua, menudos trozos de tripas de cerdo que jugueteaban y alternaban con pedazos de flores y hojas, tanto de rubirnalia como de yerbabuena, albahaca, limoncillo y mora silvestre; así como pepas de anís y semillas de cardamomo para disimular el mal sabor y olor de aquella sanguaza. La fórmula exacta la heredó Vinchira Torcuato de su padre, quien la usó de manera reiterada y con gran eficacia durante los años cincuenta y sesenta del siglo anterior, en toda la región llanera del país, para neutralizar a sus pacientes víctimas a las que desposeyó de sus patrimonios, y a los que necesitaba que desaparecieran para evitar incómodos reclamos y pleitos complicados. Sustancia que a cada víctima le causó una lenta, dolorosa e inexplicable, pero segura, muerte. El Profesor Orinoco le había escuchado, a su vez, a su padre, y él lo comprobó al menos con cuarenta y cinco de sus "pacientes", que alguna bacteria o bicho raro que se hospedaba en los intestinos de los cerdos, al ser inoculada de manera paulatina, ininterrumpida y oral a los seres humanos, al poco tiempo terminaba destruyéndoles el sistema digestivo, además de tener la capacidad, mediante sus huevos transportados por la sangre de las víctimas, de llegar al cerebro y causarles una muerte fulminante, sin que hubiera medicina que lo evitara, ni investigador judicial que descubriera o estableciera los nexos entre la causa del deceso y el victimario.

Despojar a Marco Aurelio Mancipe de sus propiedades, de todas, excepto de la Hacienda El Porvenir, fue fácil y muy bien trabajado por Gacharná y sus secuaces colaboradores. "Casualmente", estos últimos llegaron a San Vicente de Sumapaz por aquella época como inofensivos servidores de la Iglesia de Dios, sin aparente conexión alguna con el Iluminado, ni mucho menos con el Profesor y Maestro Luz de Esperanza, de quien Marco Aurelio no conocía su nombre y, menos, su apellido. Una vez allí, estas piadosas almas establecieron su Templo de Asistencia Espiritual Gratuita y Fábrica de Milagros, muy a pesar de la inicial, férrea y eclesiástica, pero inútil, oposición del señor cura párroco. Ese establecimiento comercial de fe y asistencia espiritual fue montado en una céntrica, gigantesca, estratégica y bien ubicada casa; inmueble entregado en arriendo por el mismo Marco Aurelio Mancipe, incluso, días antes de conocer al Profesor y Maestro Luz de Esperanza. Él arrendó su propiedad ante la significativa (exorbitante) cifra ofrecida como canon mensual, correspondiente a una tercera parte del valor de la "contra" que debía pagar en forma mensual y hasta cuando terminara el tratamiento. Además, al dar en arriendo tal caserón, con opción de compra, como se lo propuso uno de los intermediarios arrendatarios, podría ir dejando aquellas responsabilidades que lo estaban "estrangulando"; tal y como se lo aconsejó, tan amablemente, el Iluminado cuando al respecto lo consultó. Recomendación complementaria con otra muy reiterada por el mismo Iluminado para que por nada del mundo fuera a traspasar tales responsabilidades, ni menos, los títulos de propiedad, por ahora, ni a sus hijos, ni a persona cercana suya, ya que sobre todos ellos se cernía la letal amenaza del detectado maleficio. Así mismo, pensó y reflexionó al momento de entregar en supuesto arrendamiento su caro y bonito inmueble urbano, que con tal negocio inmobiliario podría cumplir otra de las prescripciones vitales del Iluminado, en el sentido de buscar la soledad y la tranquilidad para sus nocturnos y secretos baños, pero, sobre todo, para su reposo espiritual, complemento fundamental para la eficacia del "tratamiento de limpieza y sanación"; le había enfatizado Vinchira Torcuato.

Primero fue el traspaso del título de aquel caserón realizado por Marco Aurelio a Avelino Gacharná. ¡Sí!, a nombre del mismísimo Profesor y Maestro Luz de Esperanza. Acción esta lograda, desde luego, mediante el engaño y el ardid del contrato de arrendamiento; y con la asesoría jurídica de su abogado, el doctor Villarte Lopera. Luego se efectuó, protocolizó y registró un nuevo y formal contrato de compra-venta de dicho bien entre Gacharná y Abelardo Ramírez. ¡Claro!, el mismísimo entregado, abnegado y gratuito guía espiritual de Marco Aurelio Mancipe, otro de los testaferros de Vinchira. Y así lo hicieron, de manera paulatina y sagaz, con las demás propiedades. Proceso bien diferente al que se vieron compelidos a usar los inofensivos servidores de la Iglesia de Dios para quedarse con el latifundio El Porvenir.

Abelardo Ramírez era una de las tantas almas servidoras de la Iglesia de Dios. Llegó por aquella época a San Vicente de Sumapaz y de manera directa, inmediata y exclusiva se ofreció a Marco Aurelio para ayudarlo a superar sus dudas, a salir de sus crisis, a erradicar su angustia existencial; razones con las que de inmediato el hábil charlatán cautivó a Mancipe. Ramírez fue ese hombre a quien casi nadie vio, a quien casi nadie conoció, pues nunca hizo presencia en las sedes del Templo de Asistencia Espiritual y Fábrica de Milagros, ubicadas en la zona urbana de San Vicente de Sumapaz, ni en casi ningún otro sitio del pueblo, durante la operación de despojo de la fortuna Mancipe. La mayoría de pobladores lo conocieron hasta cuando, de forma misteriosa y repentina, como llegaron, desaparecieron de San Vicente de Sumapaz los otros principales servidores de la Iglesia de Dios, junto con su séquito de empleados y su Fábrica de Milagros, unos días antes del deceso de Marco Aurelio. Anochecieron, pero no amanecieron; y solo tres meses después del infausto suceso, Ramírez se hizo presente como el actual y legítimo propietario de las casas, de los negocios y de las tierras de don Marco Aurelio. Lo hizo esgrimiendo los títulos irrefutables y acompañado de varios clientes foráneos, unos, y de la región, los otros, interesados en quedarse con tales propiedades. El nuevo dueño, Abelardo Ramírez, asesorado jurídicamente por Germán Villarte Lopera, tomó física, formal y legal posesión de lo suyo y lo fue vendiendo, en su totalidad, durante los siguientes ocho meses; momento a partir del cual nunca más se supo de él, como tampoco de los abnegados servidores de la Iglesia de Dios, ni de su Fábrica de Milagros.

Marco Aurelio Mancipe creyó durante todo el tiempo que duró aquella estafa, que lo que firmaba eran contratos de arrendamiento de sus propiedades, excepto de la última. Sobre todo, porque en estas diligencias estuvo asesorado y representado por su abogado, el benemérito doctor Germán Villarte Lopera. Transferencias hechas por compra-venta de los inmuebles, traspapeladas como segundas copias entre los supuestos contratos de arrendamiento con opción de compra, hábilmente redactados por su propio abogado. Una vez Mancipe firmaba aquellos documentos en la notaría, ubicada en la capital del país en donde solían hacerle a ese abogado todas sus "maniobras" inmobiliarias, y a bajo costo, procedían a registrarlos en la oficina de Instrumentos Públicos del Circuito Regional con sede en Funaganugá. Desde luego que Marco Aurelio Mancipe intuyó, muy tarde, que lo que había firmado no eran contratos de arrendamiento sino de compra-venta de sus propiedades. Lo dedujo en su camastro de muerte, horas antes de su fallecimiento.

Desde cuando se estableció el Templo de Asistencia Espiritual Gratuita y su anexa Fábrica de Milagros en la casa de don Marco Aurelio Mancipe, frente a la plaza y diagonal al despacho parroquial e iglesia católica formal, el pueblo fue asistiendo, al principio con recelo y algo de temor por los iniciales regaños dominicales del señor cura párroco. Sin embargo, muy pronto la afluencia fue abierta, pues, además, y a diferencia de la santa misa católica, allí no era menester dar limosna, ni someterse a horarios para ser atendidos, y nadie salía regañado, ni mucho menos atemorizado. Todos los que concurrieron a ese templo siempre fueron escuchados de manera oportuna por aquellas desprendidas personas, los hijos de la Iglesia de Dios, quienes insistían en el buen comportamiento, en las sanas costumbres, en el recogimiento familiar, en la fidelidad hogareña, en la oración fuerte en familia, en la integración de los esposos alrededor de los hijos, en la conmiseración con los ancianos, en la comunión y en el respeto por los oficios y costumbres religiosas, en la obediencia de los mandamientos de las sagradas escrituras, en la ayuda para los más necesitados: los pobres, los menesterosos y, ojalá, de preferencia, por conducto de los representantes de Dios en la Tierra, es decir, los sacerdotes. Esto último, si querían que se les hiciera realidad el milagrito que pedían o necesitaban. Aquellas piadosas personas les reiteraban a sus adeptos, en especial, lo inherente al desprendimiento de lo material, a la purificación del espíritu, a la salvación del alma.

Casi nadie notó —o a nadie de aquella sociedad imbuida en su marasmo le importó— la atención deferente y desmedida de aquellos servidores de la Iglesia de Dios y sus empleados hacia un reducido grupo de pobladores a los que se les visitaba en sus casas; a los que se les atendía de primero cuando iban a buscar la asistencia espiritual al templo o a solicitar que se les fabricara un milagro; a los que se les saludaba y se les daba, sin pedir, su compañía y apoyo para lo que fuera menester, bien en las calles, en la plaza, en las misteriosas piedras de la luna, rodeadas de grabaciones y jeroglíficos, o en el salto Chirigunazo, o en alguna de sus lagunas, o en el charco Guatemala y en otros tantos sitios tradicionales de paseo de la región. Tales conciudadanos eran, además de los hijos, de los allegados de Marco Aurelio Mancipe y de las autoridades administrativas, de gendarmería y políticos del municipio, Chavita, la examante de Marco Aurelio; Tulio Ramírez, el otro comerciante de San Vicente de Sumapaz; los tres concejales de izquierda, principales contradictores políticos del reducido grupo Mancipe; los obreros, jornaleros y empleados de algunas de las propiedades de Marco Aurelio. Incluso, fue objeto de las no pedidas atenciones y preferencias el mismo párroco municipal, padre Jiménez de Ávila, a quien también "trabajaron" los servidores de la Iglesia de Dios para que aceptara la tácita alianza estratégica de mutua tolerancia. Y el reverendo aceptó, ya que la prédica de aquellos "hermanos" no influía de manera negativa en sus eclesiásticas finanzas, como tampoco en la fe de sus feligreses. Por el contrario, aquellos les incentivaban tanto lo uno como lo otro, y a favor de la iglesia oficial, es decir, de su causa y negocio, reflexionaba muy seguido y en artero silencio el señor cura párroco.

Y el trato deferente no se redujo solo a tales conciudadanos. También entraron en la órbita especial de atenciones, invitaciones y visitas, los familiares, los vecinos y las amistades más cercanas de aquellos y, por ende, doña Idalia Gómez Sanclemente, la exesposa de Marco Aurelio, y su mancebo compañero permanente, el concejal comunista. Se pretendía con aquella táctica, cuando de ese tipo de "operativos" se trataba, *modus operandi* del Indio Guarerá —refinada y mejorada por él, pero heredada de su padre, el Profesor Orinoco—

conocer y obtener de primera mano información privilegiada y clave para el éxito del "negocio", para usarla de forma adecuada y sutil en el momento preciso. Asimismo, para ir influenciando y conduciendo a los familiares, allegados y personas de su inmediato entorno, hacia el flanco que más conviniera en su momento; así como tener siempre muy cerca, visibles, en la mira, a los potenciales enemigos y principales obstáculos para llevar a buen término la acometida, "actuando" con oportunidad y contundencia sobre ellos y, llegado el caso, eliminándolos, de ser estricta e ineludiblemente necesario; incluso, cuando se sospechara o se tuviera la corazonada de la potencialidad del enemigo o del contradictor. Tal y como sucedió con el cuarto hijo de Marco Aurelio, el temible, por lo sanguinario, Iván Alfredo Mancipe Gómez, y con Flavia Francisca; esta última, asesinada por sicarios motorizados, contratados por Rómulo Vinchira Torcuato, a plena luz del día y frente a la iglesia de San Vicente de Sumapaz. Y todo porque ella, dos años después de muerto Marco Aurelio, instó acudir e insistir en segunda instancia judicial, en relación con los fallos en contra de sus pretensiones, dentro de la demanda interpuesta para recuperar las propiedades que le despojaron a su padre.

Tanto el padre Alirio Cifuentes como Gilda Mencino, antes de morir, vieron graduarse de profesionales a los tres hijos biológicos y extramatrimoniales de Olegario Arturo Mencino, los que tuvo con Magnolia; es decir: los Cifuentes Cifuentes, como los apellidó y bautizó su padre putativo, el reverendo Alirio; quien, además, acompañó a Gilda hasta el momento de su postrer exhalo. Gilda Mencino murió feliz, de muerte natural en los familiares brazos del anciano sacerdote. Una buena tarde de un lluvioso y anegado abril, víspera de Semana Santa, Gilda se quedó dormida y ya no regresó. Él, su compañero de vejez, lo hizo cuarenta y tres días después, y sus cenizas fueron colocadas al lado de las de ella. Fueron, entonces, como se lo rogó encarecidamente, moribundo, Olegario Arturo Mencino al padre Alirio, compañeros de viaje, no solo en la vejez, sino en la eternidad.

El mayor de los trillizos Cifuentes, Joaquín, estudió Física en la Universidad La Patria; luego hizo una maestría en Astronomía cerca de Boston y, de regreso al país, hizo otra en Geología en el Instituto Geológico Nacional. María Victoria, la segunda en nacer en aquel triple parto, estudió Ciencia Política en la misma universidad en donde lo hizo su medio hermano, Ignacio José Mencino, por lo que también recibió algunas clases por parte del profesor Villarte Lopera; pero, con la diferencia de que a ella no la afectó demasiado la cáustica disertación de ese abogado, toda vez que la prédica diaria del padre Alirio fue significativa para su corrección oportuna; amén de la transferencia de la Manda para la Guarda Nacional que le hizo Gilda, su abuela paterna. Victoria hizo varios posgrados dentro y fuera del país. Uno de ellos fue en Gestión del Comportamiento Humano, otro en Resolución de Conflictos Sociales y, uno más, en Sociología Cristiana; este último en Roma. Roxana Cifuentes, la menor de los tres, estudió en Nueva York e hizo una maestría en Educación y Literatura en Buenos Aires. Todos ellos, al terminar sus estudios de posgrado, y tras la muerte de Gilda y del padre Alirio, sus mecenas, se dedicaron de lleno al servicio de la convulsionada y escindida sociedad nacional. Para ello fundaron una Organización No Gubernamental Cristiano-Laica (ONGCL), cuya misión era restablecer en el país los descartados y refundidos principios y valores humanos y patrios, así como la moral y la ética en los nacionales. Para tan ingente industria, dispusieron de los recursos que les dejó su padre putativo, el reverendo Alirio; parte de los cuales aquel religioso cosechó gracias al callado trabajo de corrección de estilo de Olegario Arturo Mencino, el padre biológico de los Cifuentes Cifuentes. Producto de sus respectivas investigaciones académicas, exigidas para optar a los títulos de sus posgrados, cada uno de los trillizos concibió y escribió una teoría, acorde al campo de sus respectivas disciplinas de estudio. Para cada tesis cada uno propuso, sin haberse puesto de acuerdo, una hipótesis, la cual, por mera coincidencia, los tres llamaron de la misma manera: "Redención Nacional".

La primera de estas hipótesis la escribió Joaquín. Allí anunciaba una serie de posibles cataclismos mundiales por venir, con epicentro a lo largo y ancho de la geografía nacional, a saber: un sismo con magnitud superior a nueve grados en la escala de Richter, con treinta y tres poderosas réplicas que sacudirían de manera abrupta a la ciudad capital de aquel subcontinental y esquinero país. Fenómenos naturales estos que despertarían al volcán que fiero dormita a los pies de los capitalinos. Una lluvia de meteoros de mediano y gran tamaño que impactarían, durante tres días seguidos, el noroeste del país. Y una voraz sequía, seguida de una incontrolable anegación que no solo haría redefinir las cartas geográficas de la patria, sino que dejarían al descubierto una inmensidad de recursos naturales. Incalculable riqueza nacional, ignota y mucho más generosa de lo que hasta entonces se conocía y explotaba, sobre todo por extractivas empresas foráneas. Tales eventos, además, tendrían una repetición cíclica, en el tiempo, cada vez más seguida y con mayor devastación; concordante con lo vaticinado por el padre Sarmiento, párroco de Oroguaní, municipio del centro occidente del país, cuando, casi un siglo atrás, sus palabras sembraron en el suelo patrio la funesta semilla de la Triada Maldita, aquel Sábado Santo y tras haber sido objeto de la nocturna burla del "Grito del Diablo", hecha por Bernardo Mencino y un puñado de indómitos liberales de aquel villorrio.

La segunda Redención Nacional la escribió María Victoria. Lo allí por ella plasmado, sin haberse puesto de acuerdo con sus otros dos hermanos, era concomitante con lo manifestado por ellos. María Victoria basó su teoría en lo que denominó: "La Voracidad Social Nacional"; que no es otra cosa que el aberrante uso de la prolija inteligencia del hombre para depredar sin piedad alguna a los coterráneos, y hasta sí mismo y a los suyos, y menospreciar todo cuanto sea propio del país, frente a lo foráneo.

Roxana, por su parte, escribió la tercera Redención Nacional, basada en la suprema degradación moral que estaba devastando a la sociedad nacional de entonces. Predijo, al unísono con sus dos hermanos mayores, el Amorfismo del Intelecto Nacional y el Desapego Patrio.

Marco Aurelio Mancipe, cada día más enfermo y autoaislado, pero, "atendido" y "asistido", gratis, por los "entregados" servidores de la Iglesia de Dios, en su más grande, productiva y lejana hacienda: El Porvenir, con similar táctica que la primera vez, firmó el contrato de "arriendo" por la segunda y, tres meses después, por la tercera casa del pueblo. De igual forma, estampó su rúbrica sobre el contrato de dación en "administración" de sus dos negocios comerciales urbanos, con local y costosa mercancía incluidos. Eso sí, lo hizo a hurtadillas, sin que sus hijos, allegados y paisanos se enteraran ni sospecharan de la estratagema, del ardid que se fraguaba; pues, además, sobre todos ellos, los servidores de la Iglesia de Dios hicieron énfasis con la asistencia espiritual personalizada y constante. El objetivo de tal ayuda espiritual preferente era extraerlos de las mundanas cosas y orientarles sus espíritus hacia la salvación de sus almas, por sobre cualquier otro interés, les reiteraban a diario. Tal estratagema se usó en perfecta concordancia con los innumerables conflictos, de toda índole, que se les fue presentando, sin que ellos los pudieran evitar, de forma inexorable, involucrándose cada vez más en tales creadas e intrincadas lidias. Esto último los desgastó física y espiritualmente, pues tuvieron que dedicarle, en consecuencia, a tan inútil y estéril jornada, casi todo su tiempo, esfuerzos y recursos.

Por su parte, entre las autoridades administrativas y eclesiásticas, la gendarmería, las fuerzas políticas y económicas, el grupo de justicia privada asentado en el municipio —este último al mando del cuarto hijo de Marco Aurelio: Iván Alfredo—, y entre el común de los pobladores; desde luego que con idéntico fin, es decir: distraer su atención sobre lo que estaba ocurriendo tanto con el propio Marco Aurelio Mancipe como con sus propiedades y fortuna, se fue tejiendo de forma discreta, lenta, hábil y eficaz, la exquisita e ineludible filigrana de los apócrifos pueblerinos. Todo un zarzal de rumores que involucraban y envolvían a este con aquel; a unos con otros; a estos contra aquellos. Por lo que, antes de seis meses, desde la llegada de los servidores de la Iglesia de Dios, el municipio entero, tanto en el casco urbano como en la zona rural y áreas de influencia circunvecinas, se convirtió en un verdadero infierno. Pronto la gendarmería no fue suficiente para detener los perennes, armados y arteros enfrentamientos entre vecinos, amigos, familiares, copartidarios y rivales. El Juzgado Promiscuo Municipal se congestionó con querellas y pleitos insolutos por mucho tiempo. El señor cura párroco se enfrentó de manera abierta con los izquierdistas y comerciantes, a punto que los excomulgó e impidió su ingreso al templo. El Concejo Municipal no pudo volver a sesionar después del tiroteo entre sus integrantes durante la última sesión; lo que dejó dos conservadores muertos, tres liberales heridos y un izquierdista parapléjico. Los alcaldes no duraban dos meses en sus cargos. Los campesinos tuvieron que trasladar su mercado dominical para el sábado, y no en la plaza central, sino en un baldío en la periferia del municipio. Las misas se redujeron a menos de la mitad.

Pero, eso sí, el Templo de Asistencia Espiritual Gratuita y su Fábrica de Milagros tuvieron que expandir sus infraestructuras ante el apabullante incremento del número de penitentes y asistentes. Se trataba de pobladores que a toda hora pedían auxilio, apoyo, asesoría. Entre ellos, el mismísimo padre Jiménez de Ávila, amenazado de muerte por los izquierdistas que rumoraban que de la Habana llegaban unos auxilios económicos para su causa, pero que él, el reverendo padre, se decía, los interceptaba en la capital del país y los cogía para él. Que con tales recursos hasta había comprado esa camioneta Renault Break último modelo en la que ahora se pavonaba por la región, le endilgaban los comunistas.

El único lenitivo, lo único que calmaba los exacerbados ánimos y los perpetuos enfrentamientos de toda índole que por aquella época sacudieron y despedazaron esa pequeña municipalidad del sur oriente de ese céntrico departamento, significativo y muy relevante para la economía de la región por su gran producción y ofertas agrícola e hídrica, eran las transmisiones televisadas de los partidos de la selección nacional de fútbol, los reinados de belleza, nacionales e internacionales, y las carreras de ciclistas, tanto en el país como en España, Italia y Francia. Para esos eventos el pueblo se congregaba entusiasta, solidario y nacionalista; y se olvidaba, momentáneamente, de los enfrentamientos; y festejaba unido, por igual, tanto los pocos triunfos de los nacionales, como la inmensa cantidad reiterada de fracasos. Esos eventos se podían ver en directo gracias a las pantallas de los televisores, en blanco y negro, estratégicamente ubicados en las tres sedes que ahora tenían los servidores de la Iglesia de Dios en el casco urbano del municipio. Jolgorio amenizado siempre con generosas degustaciones de cerveza, aguardiente o ron. Pero, eso sí, al siguiente día del evento se volvía a la inoculada zafra. Eso distrajo y afectó, de forma dramática, al menos durante cuatro años seguidos, y tras la muerte de Marco Aurelio, no solo la paz y las buenas y sanas costumbres de sus gentes, sino su bucólica vida y economía local. En particular, en lo relacionado con la productividad frutícola, representada, principalmente, en la cosecha de mora, lulo, tomate de árbol y curaba y, algo menos grave, en la ganadería. También afectó, durante el primer año, la efectividad y la contundencia criminal del Grupo de Justicia Privada al mando de Iván Alfredo Mancipe Gómez, su postrer jefe, el cuarto hijo de Marco Aurelio.

Esa organización criminal, una vez Marco Aurelio fue asesinado a manos de sus asesores y guías espirituales, también desapareció como unificada fuerza paralela encargada de conservar el orden y la custodia de las propiedades de los más ricos de la región, a la par con Iván Alfredo. Tras la desintegración de tal grupo, sus reductos se convirtieron en minúsculas, atomizadas, despiadadas, canallescas e incontrolables bandas de delincuencia común; las que, a su vez, como la ameba, al ir creciendo con los botines logrados, se multiplicaron y se dividieron en más células, cada vez más ignominiosas e inhumanas.

La misión del Profesor y Maestro Luz de Esperanza, junto con la de Villarte Lopera, desde la capital, y la de sus secuaces, los hijos y servidores de la Iglesia de Dios, *in situ*, tenía que culminar con la firma del contrato de "arrendamiento" de todas y cada una de las propiedades de Marco Aurelio Mancipe. La orden del Iluminado Indio Guarerá era contundente, sin términos medios: tenían que quedarse con todo y, por supuesto, con la más grande, de ubicación estratégica, la de mayor potencial productivo, además de bonita propiedad: la Hacienda El Porvenir, localizada en las estribaciones de la Cordillera de Oriente. Era la propiedad que Marco Aurelio había seleccionado para su reposo, para su aislamiento; debido, no solo a su benigno y saludable clima y paisaje para tales lides, sino a lo difícil de su acceso y su lejanía del casco urbano del municipio donde estaban los causantes de tan criminal "trabajo", de tan sucio maleficio, era lo que le hicieron creer. Por tal razón, y ante el servicio ofrecido por los hijos de la Iglesia de Dios para asistirlo y acompañarlo, desde luego "gratis" y durante el largo tratamiento de limpieza y sanación, ordenó que la totalidad de la servidumbre, así como los setenta y cinco peones de labranza, se fueran y lo dejaran solo, aunque al gratuito cuidado de aquellas almas de Dios.

Sin embargo, y pese a la porfía de su consejero espiritual para que le entregara en arriendo aquella otra propiedad, como lo hizo con las otras, para que su espíritu estuviera libre de toda preocupación mundana que impedía el avance exitoso del tratamiento de limpieza y sanación, Marco Aurelio insistía, se arraigaba en que tal medida, dar en alquiler su más preciada propiedad, no era menester, que no iba a firmar más papeles, pues para eso estaba él ahí, sin preocupaciones de peones, sirvientas o producción alguna. Les dijo que no le volvieran a tocar el tema, pues ya lo tenía claro: no lo iba a hacer.

Tal obstinación obligó a replantear la operación. Estaban compelidos a tomar medidas extremas frente a su "terca" posición de no firmar nada relacionado con El Porvenir; apartándose, por primera vez, de la sabia y categórica recomendación de su abogado, el doctor Villarte, así como de la misma intervención y dictamen "espiritual", primero, del Profesor y Maestro Luz de Esperanza; y, después, del mismísimo Iluminado. Todos le recalcaron a Marco Aurelio que, si no lo hacía, se iba a retardar el tratamiento de limpieza y sanación, debido a las interferencias espirituales que esos bienes le acarreaban, con los costos económicos evidentes y el inminente riesgo de muerte, suya y de sus seres queridos. Pese a ello, se empecinó y no quiso aceptar, en ninguna de las diecisiete veces que le insistieron para ir para tal efecto hasta la capital. Ni siquiera en la última, cuando su guía de cabecera le ofreció la exorbitante, como sospechosa, cantidad de quinientos mil pesos para que le permitiera destinar aquel paraíso para descanso exclusivo de los integrantes de su congregación, una vez cada seis meses; lo cual, además, le prometió aquel servidor de Dios, coadyuvaría con su limpieza; pues al estar la hacienda llena de espíritus incólumes, impolutos, toda esa inmaculada energía se canalizaría en beneficio suyo.

Al fallar esa postrera estratagema se puso en grave peligro poder cumplir el objetivo fundamental, para lo cual la "organización" había invertido buena cantidad de dinero. Inversión que si bien era cierto se recuperaría con la venta de las demás propiedades hasta entonces usurpadas a Marco Aurelio, "ya aseguradas", implicaba una merma importante en el margen de rentabilidad esperado por el "jefe" y los socios minoritarios colaboradores; incluidos el Profesor y Maestro Luz de Esperanza y el doctor Germán Villarte Lopera. Por tal motivo, el equipo de trabajo optó por hacer una reunión urgente en la ciudad capital, en la sede de la avenida Carabobo con calle 54. Ahí se concluyó, por consenso, que, como último mecanismo, y antes de utilizar la fuerza, la violencia y otras medidas extremas para disuadirlo y obligarlo, se acudiría al mítico y nocturno aparecimiento de entierros, allá, en la hacienda del díscolo paciente.

Para tal industria había que someterlo durante un periodo previo a una exhaustiva programación neurolingüística; a una sensibilización y sugestión inherentes; de tal forma que se le tenía que "preparar" y adecuar su mente con hipnóticas palabras y actos. Había que doblegarle su voluntad en tal sentido, hasta que obrara como estaba planeado; es decir, hasta que transfiriera pacífica, consciente y voluntariamente dicha propiedad y, una vez así lo hiciera, darle la estocada final con el malsano y letal brebaje del supuesto árbol amazónico Guare Guareta. Brebaje que tendría, para entonces, que ser "mejorado", modificada su fórmula, al ser preparado no solo con los pútridos residuos de las porquerizas de propiedad de Vinchira, sino con arsénicas aguas que se generan al mezclar la patilla o sandía reposada, con porciones de banano, naranja, piña, papaya, leche y aguardiente. De hecho, para ese momento, el por demás efectivo como inmundo brebaje con entresijos crudos de cerdo ya había cumplido un setenta y cinco por ciento, calculó el Iluminado Indio Guarerá, de su objetivo; por lo que tenían que apresurar la ejecución de la nueva estratagema, pues las defensas de la víctima deberían estar muy debilitadas y el hombre podría colapsar de un momento a otro; que lo haría caer en un estado de coma o inconsciencia que impediría su último viaje a la ciudad capital y, por ende, poder firmar las preparadas escrituras de transferencia de la hacienda; hechos que serían catastróficos para el éxito total de la operación.

El Iluminado Indio Guarerá, además, les lanzó una amenaza a sus esbirros durante la reunión donde cambiaron la artimaña para que Marco Aurelio Mancipe firmara, de una vez por todas, la transferencia de su más preciada, estratégica, grande, productiva y costosa propiedad, calculando el tiempo que le debería quedar de resistencia física y mental. Les dijo aquel hábil e inescrupuloso comerciante del engaño, la manipulación de mentes y la estafa, que el nuevo plan tenía que ejecutarse en un lapso no superior a veinte días. Que, si no lo lograban en ese periodo, él se quedaría con lo hasta ahora obtenido; es decir, que no habría repartición del botín, como al principio se había acordado y que, además, todos ellos saldrían de inmediato de su organización, sin término de juicio ni apelación alguna. Y todos sus secuaces, incluido Villarte, sabían que Vinchira hablaba en serio. ¡Muy en serio! Además, también lo sabían y por ende guardaban prudente y callada obediencia con respecto a todo lo que él decía y ordenaba, que Vinchira, con aquellos que le daban la espalda los eliminaba sin consideración alguna. Siempre los aniquilaba sin dejar el menor rastro, indicio y, menos, inculpaciones posibles contra él. Debido a ello, esa misma tarde se dio inicio a la ejecución de la nueva estrategia que terminaría, quince días después, con la firma por compra-venta, ni siquiera por soterrado contrato de arrendamiento, como en todos los casos anteriores, de la hermosa, bella, estratégica y productiva hacienda, a nombre del mismo testaferro anterior.

La ejecución de la nueva y precisa instrucción emitida ese día en la sede principal del Iluminado Indio Guarerá, ubicada en la capital, no se hizo esperar, ni mucho menos dejar de cumplir al pie de la letra. Esa tarde el chaparrete asesor espiritual de Marco Aurelio Mancipe comenzó a trabajarlo, a programarlo con técnicas neurolingüísticas; a manosearle, aún más, su sugestionable mente; a inocularle la fantasía hipnótica de que una fuerza, más poderosa de la que hasta entonces todos creían, era la que lo estaba consumiendo. Se conminó a Marco Aurelio para que pensara, creyera, que el meollo del maleficio que lo afectaba se trataba, tenía que ser, seguro: ¡un entierro! Lo cual llamó la atención y preocupación, aún mayor, de aquel crédulo y cada vez más débil hombre. Al mismo tiempo, otra parte del equipo de servidores de la Iglesia de Dios, en el extremo sur oriental de la finca, entre arbustos secos, mal cuidados, olvidados y vueltos sarmientos; donde antes los peones cultivaron frondosas y exquisitas moras y curubos; tal vez a seiscientos cincuenta metros de la casa principal, visible desde la alcoba de Marco Aurelio, cavaron, durante dos oscuras noches, un foso en el que depositaron lo que días después desenterraría Abelardo, su guía espiritual, en presencia del propio Marco Aurelio.

Pocos días después, no solo estuvo listo el "entierro", sino colmada la mente de la víctima con historias y supersticiones alusivas inherentes, y sus respectivos y poderosos maleficios, "curables, únicamente, con fantásticas y costosas "contras" y acciones de desprendimiento de inútiles y mundanas cosas, así como con sincero arrepentimiento"; le insistía con vehemencia su asesor espiritual. A las 11:45 de aquella primera noche de "aparecimientos", Marco Aurelio comenzó su rutina de baño con las hierbas que tan generosa y desprendidamente le seguían suministrando por orden del Iluminado. En tan dispendiosa labor era ayudado por una de las caritativas almas de los servidores de la Iglesia de Dios, autorizada de forma expresa y exclusiva por aquel para esos menesteres. Tan pronto inició el baño, la mujer lo hizo girar hacia la ventana de la habitación, razón por la cual la vista de Marco Aurelio penetró la profunda oscuridad, solo rota por lejanos e inusuales destellos que ingresaban a través de la cortina de velo, cuando, de pronto… ¡allá estaba!

Era una luz intermitente que salía y se ocultaba entre lejanos matorrales. Marco Aurelio, al principio impávido, no mencionó palabra alguna. Tal vez solo era su imaginación. Pero, como la llama era cada vez más intensa, grande y permanente, le dijo a la mujer, quien suspendió su labor de aseo y se dirigió hacia la ventana para correr la cortina y poder ver mejor. Sin embargo, de inmediato la luz desapareció y no volvió a salir. Ante la mirada inquisitiva y burlona de aquella, que disimulaba no haber visto nada, Marco Aurelio le insistió para que observara con detenimiento hacia el sitio en el cual él estaba seguro había visto la luz. Pero, no, la llama no volvió a salir y Marco Aurelio recibió de su asistente una tierna sonrisa, que no dejaba de ser burlona, junto con unas palabras de consuelo. Le manifestó, con falso deje de comprensión, que debía ser su imaginación, o tal vez producto del cansancio; que se acostara, que se durmiera y no pensara más en ello y, en especial, que no le fuera a decir a nadie sobre la extraña aparición. Que ella le proponía que "eso" fuera un secreto entre los dos.

Pero Marco Aurelio estaba seguro de lo que había visto y, desde luego, no iba a desistir; menos, cuando una de las cosas que en esos días le comentó, con reiterada ansiedad, su asesor espiritual, era lo relacionado con un posible y poderoso entierro maléfico en alguna de sus propiedades; quizá en la que él más quería, razón por la cual sus enemigos habrían intentado invadirla con demoniacas y letales energías, buscando afectarlo de muerte, para, una vez él quedara fuera del camino, usurparle sus preciadas propiedades. Sin embargo, él iba a esperar, pensó toda la noche. Lo iba a verificar. Tal vez esa primera noche la bendita luz aquella no volvería a dejarse ver; pero, quizá, si era un entierro, en las siguientes se mostraría y entonces podría ubicarlo y conjurarlo… y, sí, tal vez se lo dijera mañana mismo a su asesor espiritual. Ay, sí, una vez lo confirmara mejor lo compartía con el Profesor y Maestro Luz de Esperanza. Incluso, por qué no, de una vez con el Iluminado, a quien le creía todo lo que le decía, amén de profesarle fe, respeto, reverencia… obediencia plena.

Esa noche Marco Aurelio no pudo pegar el ojo, pues no despegó su mirada de la ventana, pese a que la caritativa y buena mujer, sierva incólume y abnegada servidora de la sacra Iglesia de Dios, antes de retirarse de la habitación corrió de nuevo la cortina; la cual él volvió y abrió tan pronto esta salió. Al siguiente día, al llegar su asesor espiritual, de inmediato le dijo a Marco Aurelio que percibía una fuerte, pesada y gran preocupación en su mente. Que por favor le comunicara, si a bien tenía, lo que le agobiaba el alma; lo que le perturbaba el espíritu; lo que tornaba gris humo su aura. Pese a la insistencia, Marco Aurelio se limitó a decirle que pasó una mala noche; que no durmió bien; tal vez por las preocupaciones, o quizá porque el dolor de estómago era cada vez más intenso y casi igual de desesperante y desestabilizador al de la cabeza. Centelladas que lo venían atormentando, terriblemente, desde hacía varios días, pero que el Profesor y Maestro Luz de Esperanza, al consultárselo, le contestó que era un buen síntoma, a pesar de todo, pues las larvas de las alimañas, las cuales ya le habían alcanzado el cerebro, luchaban, se resistían ante los poderosos efectos de la maravillosa y por demás efectiva "contra" que las estaba exterminando de manera paulatina, por lo que su obvia manifestación era ese tormentoso pero pasajero y prometedor dolor.

Durante el día y las primeras horas de esa siguiente noche Marco Aurelio estuvo intranquilo; impaciente ante el lento transcurrir de los segundos, los minutos y las horas. Desayunó poco, almorzó a medias y no quiso cenar, como tampoco que aquella buena mujer, esa noche, fuera a su habitación para ayudarlo con el baño de yerbas. De hecho, no volvió a dárselos después de la primera aparición y de la revelación que estaba por enfrentar. Entrada la media mañana recordó haberle escuchado a su padre, hacía mucho tiempo, cuando él aún era un niño, que los entierros se escondían, se deslizaban entre la tierra y huían en presencia de mujeres; razón por la cual cuando alguien sabía de alguno, lo primero que tenía que hacer era guardar silencio, contárselo a muy pocos, solo a los que pudieran ayudar y no se dejaran contagiar por la envidia ni por la rivalidad; pero, sobre todo, que nunca había que compartir la información con mujer alguna, pues en presencia de estas, los entierros, al ser tan "celosos", se esfumaban, escapaban; como, al parecer, había sucedido la noche anterior cuando él le dijo a su asistente que observara la luz, la cual huyó de inmediato, una vez la mujer abrió la ventana y miró hacia el sitio. Recordar las palabras de su padre lo convenció, aún más, que lo que él observó la noche anterior, fue eso: ¡un entierro maléfico! Y con toda seguridad, el que le estaba quebrantando y causando tanto daño a su salud.

A las diez de la noche siguiente de la primera aparición de la luz, Marco Aurelio colocó una silla frente a la ventana que continuaba con la cortina corrida hacia los lados. La espesa neblina que devoraba el paisaje paramuno dibujaba y desdibujaba fantasmales y oscuras figuras entre la por demás negra y fría noche. La visibilidad era escasa, tal vez diez o quince metros, lo cual comenzó a desanimar a Marco Aurelio, pues si la bendita luz aquella se le daba por volver a mostrarse en el mismo sitio, lo más seguro era que no la podría ver. Además, salir con tan recalcitrante frío e impenetrable oscurana para ir a marcar el sitio no dejaba de ser un riesgo adicional para su cada vez más débil humanidad.

Pero, si la mandinga luz volvía a salir, lo haría, costara lo que costara. El sitio había que marcarlo con estacas sagradas; las que hizo para aquella ocasión con un viejo crucifijo; para proceder después a cavar y encontrar lo que hubiera que encontrar; tal vez el maleficio. Estaba seguro e insistía en consolarse y darse valor para hacerlo.

No se trataba de miedo alguno; pues él era un maestro para propagarlo e infundírselo a sus víctimas y mantenerlas cautivas y a su disposición. El miedo, él lo había comprobado, era el arma más efectiva para la dominación y la explotación a ultranza de las masas, sobre todo las desposeídas y poco y nada instruidas; y él lo manejaba a discreción. Durante la violencia patrulló, de día y de noche, en verano y bajo inclementes inviernos, las tierras de su padre, y en condiciones aún más adversas y con inminente riesgo de morir acribillado por las balas de sus opositores políticos. Y no le pasó nada. ¡Ni temblado nervio ni músculo alguno!

Marco Aurelio instaba entretener su mente con recuerdos que creía haber sepultado en el olvido de los años. Lo hacía para no asfixiarse con el lento correr del tiempo durante esa noche devorada por tan inclemente clima, propio del Sumapaz, según le comentaron: "¡el páramo más grande del mundo!"; cuando, tal vez a las 11:55 minutos, en el mismo distante sitio, tenue, muy tenue al principio, pero más intensa después, fue apareciendo la luz, la llama. ¡Allá estaba! ¡No le había fallado! Crepitaba, chisporroteaba garbosa entre la densa neblina, rasgando sus frías, oscuras y amorfas vestiduras, como retándolo, como llamándolo, como hostigándolo a ir; lo cual no dudó; y al cabo de dos minutos,

Marco Aurelio ya se había cubierto con una ruana color gris, puesto unos guantes hechos con lana virgen de oveja, así como armado con su inseparable machete Águila Corneta de veinticuatro pulgadas y cargado un talego lleno de cal, tres estacas, una maceta de libra y una linterna.

Así, apertrechado, salió, muy decidido, hacia el agreste paisaje que lo recibió con un lapo por demás frío, helado, en su rostro, por lo que cubrió su boca, instintivamente, con su ruana. Ya esa tarde, también solo, a pesar y en contra de los reclamos de sus taimadamente sorprendidos y preocupados cuidanderos, había hecho el recorrido desde la puerta de su habitación hasta el sitio en el que creyó haber visto, la noche anterior, la mandinga luz aquella. Por tal razón, y pese a la oscuridad imperante, no se le dificultó demasiado volverlo a recorrer, pero esta vez en la tiniebla, tímidamente perturbada, penetrada, por el mortecino haz de luz de su linterna. Su corazón se aceleraba a medida que avanzaba, de tropezón en tropezón, hacia aquella aparición; pero sintió morirse al percatarse que a cada paso que él daba hacia su objetivo, la luz como que se desvanecía y casi que se extinguía. Si él se detenía, la luz volvía a crecer, y, al caminar de nuevo, disminuía su intensidad. Aún quedaba, calculó, casi la mitad; unos cuatrocientos metros de quebrado, oscuro y artero recorrido, así que decidió acelerar su paso, en la medida de lo posible y dadas las condiciones. En ese momento obtuvo, como respuesta a su resolución, que una voz agónica, sepulcral, de ultratumba, que parecía manar de todas partes, lo conminaba a detenerse, amenazándolo con ser castigado con un mortífero rayo, si continuaba en su empeño.

Marco Aurelio, a pesar de la amenazante voz, intentó continuar, cuando, de inmediato, se escuchó un estridente ruido y observó un relámpago que subía de la tierra, cual cohete o volador de los que usaban en las fiestas sanvicentinas de mitad de año, pero que a diferencia de aquellos, no explotó en el aire. Tal fenómeno generó un haz de luz verde biche que se desvaneció insípidamente en la nada nocturnal. Marco Aurelio, ahora sí y por primera vez desde hacía mucho tiempo, sintió algo similar al miedo. Aunque él no solía ser asustadizo, sobre todo después de que en su juventud, y mediante corte de franela con su machete Corneta Tres Canales, le propició la muerte a más de ciento veinte opositores políticos y económicos de la región de Sumapaz, durante la violencia de mediados del siglo. Pese a todo, esta vez la incertidumbre y su nuevo estado de ánimo que le paralizó las piernas, lo obligaron a detenerse y a oír, por espacio tal vez de tres minutos, aquella voz que sentía que salía de todas partes y que le manifestaba que él le debía su riqueza tanto al mal obrar suyo como al de su padre. *Riqueza manchada con sangre de inocentes*, escuchaba entre otros tantos y similares argumentos, lo cual le hizo evocar el por demás recóndito y oscuro origen de casi todas sus heredadas propiedades, en especial por la forma cruel, sanguinaria y despiadada como su padre, las primeras, y los dos, las últimas, las consiguieron.

La voz le ordenó no acercarse solo e insistió que él debía purificarse, librarse de tan nociva energía que lo estaba carcomiendo y finalizaría por corroerlo en vida;

que tenía que lavar su pasado tortuoso, su abyecta historia familiar; que debía hacerlo, y lo más pronto posible. Dejar tan pesado y sangriento lastre que lo condenaba, a él y a sus inocentes hijos. De lo contrario, iba a pagar, dolorosa e inexorablemente en vida, por todo ello; y que, si deseaba encontrar la forma de liberarse él y hacerlo a su vez con sus descendientes, la próxima vez que fuera a ese lugar, debía hacerse acompañar de un ser con el alma incólume, de un hombre intachable; para que aquél, y solo aquél, llegara hasta el propio sitio iluminado, donde, no sin dificultad, encontraría unas instrucciones que tenían que seguir al pie de la letra.

Cuando la voz calló y la luz se desvaneció, dos rayos similares al primero surcaron en sentido vertical, de la tierra al cielo y desde distintos sitios, la abrazante oscuridad, mientras que el ahogado grito atemorizante de la noche se posicionaba, de nuevo, de la penumbra, del nublado, helado y silente paisaje, solo interrumpido por el quejoso, intermitente, entrecortado, eco lejano, sinfonía inconclusa de las aguas del río Piñal, tributario del corrientoso río de la Paz que sirve de límite sur oriental entre San Vicente de Sumapaz y la gigantesca y poco poblada zona sur y rural de la capital del país. Marco Aurelio, entonces, comprendió que no tenía alternativa. Además, no estaba dispuesto, ni mucho menos con deseos ni fuerzas para contradecir el mandato de aquella escalofriante e invisible voz, lo cual lo decidió a tornar sus pasos de regreso hacia la casa. Al llegar se encerró en su habitación, abatido y con la sangre helada, no solo por lo que vio y escuchó, sino por el directo efecto propio del inhóspito clima paramuno y nocturnal.

Desde luego que pese al escalofrío que todo aquello le causó, no dejó de grabar en su mente el sitio exacto de la aparición antes de retirarse del lugar, superando, incluso, la imperante oscurana, cerciorándose de colocar, mentalmente, dos o tres referentes geográficos sobresalientes para cuando fuera necesario, tal vez al día siguiente, a la luz del sol, ubicar y marcar el sitio. Él no iba a desistir de tal empeño. Llegaría hasta las últimas consecuencias, así fuera lo último que hiciera. Y eso fue lo último que hizo, en efecto.

Una vez en su abrigada habitación, arropado entre las cobijas, comenzó a sudar frío y a tiritar. Tal vez lo que ahora tenía, se dijo, era fiebre. Pretendía ocultar así, en el averno de su confundida mente, la verdadera causa de su exaltado ánimo, hasta entonces acérrimo, impertérrito. Impávido obrar suyo, incluso durante los complicados, difíciles y peligrosos veinte años del Gran Acuerdo Nacional y otros tantos después; periodo durante el cual resistió y sobrevivió a más de diecisiete intentos de secuestro y asesinato, orquestados por sus enemigos políticos y económicos, por la delincuencia común, por los insurgentes y por soterrados y revanchistas conocidos, supuestos amigos y viejas víctimas, aún sobrevivientes, de las depredadoras acciones, suyas y de su padre.

Atentados que él sospechaba que podrían haber sido arreglados, algunos, en especial los de los últimos años, por parte de su ahora exesposa. Llegó a pensar en ese momento que la autora intelectual de tales intentonas pudo haber sido Idalia, sobre todo las que acaecieron poco tiempo antes de su tórrida separación. Sí, en ese momento, para él, ella era la autora intelectual. Ella, la mujer que pese al supuesto mutuo acuerdo, arreglo voluntario, no quedó conforme con la repartición de bienes, con lo que le tocó: dos enormemente productivas fincas y una muy bien ubicada casa en el casco urbano. Reparto que se dio al disolverse la sociedad conyugal, siete años atrás, cuando Idalia, y desde luego todo el pueblo, se enteró de la larga relación sentimental que él mantenía con Isabel Gutiérrez, Chavita, biznieta del principal fundador liberal del pueblo, y desde antes de haberse casado con Idalia. Todas esas intentonas por aniquilarlo, recordó Marco Aurelio con rabia y recalcitrante resentimiento enquistado en su alma, comenzaron tras la infame muerte y legado hereditario de su padre, don Isidoro Mancipe, con quien creó el Grupo de Justicia Privada del Sumapaz, en respuesta a la poca capacidad de acción de la Guardia Nacional y de la Gendarmería para repeler a los cada día más alevosos y peligrosos grupos guerrilleros y bandas criminales.

En una emboscada de la guerrilla que buscaba plagiar al tan poderoso como temido y aborrecido gamonal conservador: don Isidoro Mancipe; para cobrarle coactivamente el impuesto insurgente que se negó a pagar; en el cruce de la quebrada La Chorrera, en inmediaciones de otra de sus fincas: Aguacatal; aquel recio campesino se batió solo, al principio a tiros y a machete cuando se le agotó la munición de su revólver y escopeta. Don Isidoro Mancipe se enfrentó contra un comando de al menos veinticinco hombres de la insurgencia, minutos antes de que llegaran los refuerzos de su Grupo de Justicia Privada que él, para entonces, comandaba.

¡Claro que no!, él no iba a correr la misma suerte de su consuegro, compadre, líder conservador y cofundador con él de la Guardia Civil Armada del Sumapaz: don Ismael Gómez Serrano, dos años antes, cuando fue secuestrado por el mismo bloque guerrillero que en ese momento él enfrentaba. Grupo insurgente cuyas cabecillas, una vez que la familia de don Ismael Gómez pagó la astronómica suma exigida como rescate para liberarlo vivo y sano, procedió a fusilarlo y a enterrarlo en una fosa común, ubicada en ignota lontananza; dejando a su familia, además de diezmada económicamente, sin su adalid. Entonces, allí, en el cruce de La Chorrera, no solo él, don Isidoro Mancipe, perdió la vida peleando; también lo hicieron, bajo su firme y fornida mano y temple, catorce de sus frustrados raptores.

Todos ellos fraguaron su escarlata sangre con las cristalinas aguas de aquella montaraz y cantarina quebrada que, metros abajo, brinda su tributo de vida a las del río de la Paz y este, a su vez, unos kilómetros adelante, alimenta las del por demás sedimentado río Magdala, compelido, inerme y mudo testigo de la convulsa historia patria nacional.

Marco Aurelio Mancipe pasó en vela esa segunda noche. Esta vez lo desveló el repasar segundo a segundo, minuto a minuto, los pormenores de la revelación; las sílabas, las palabras y las frases de aquella voz; así como la vorágine de los recuerdos perdidos en lejanía de la historia familiar que consideraba superados, olvidados; pero, en particular, la amenaza de la condena en vida para él y sus hijos si no limpiaba, si no purificaba, si no desmanchaba su pasado, si no se liberaba de aquellas energías nefastas que lo estaban corroyendo, si no se desprendía de tan pesado lastre que lo consumía. Sin embargo, pensó dubitativo, y concluyó tras repasar por enésima vez lo que le sentenció y dijo la voz, que no todo estaba claro; que quedó pendiente por parte de la mandinga voz aquella exponer cómo hacerlo, la forma puntual de llevarlo a efecto.

Además, el tener que llevar consigo, la próxima vez, a un ser virtuoso, lo descontrolaba por completo. Tal vez entendió mal o en forma incompleta las instrucciones a seguir, concluyó, y se dijo que la siguiente noche la voz sería más clara al respecto; y si no lo era, él se lo iba a preguntar. Ahora, entonces, solo tenía que esperar a que llegaran de nuevo las sombras.-Era cuestión de paciencia, de conservar la calma y de estar muy atento a las instrucciones precisas que con toda seguridad vendrían.

También resolvió enfrentar solo el asunto aquel. No involucraría a ninguna otra persona en esa situación tan misteriosa como difícil de explicar, y más aún, de creer por parte de quien no hubiera presenciado la aparición; ni siquiera a su por demás sabio, consagrado, dedicado, aplomado, desinteresado y gratuito guía espiritual; y, menos aún, al Profesor y Maestro Luz de Esperanza, en quien no confiaba ni respetaba mentalmente. Tal vez, y dependiendo de lo que en la siguiente noche le dijera la voz, pediría hablar con el Iluminado Indio Guarerá, en quien siempre había creído ciega y totalmente; además de respetarlo en todo sentido. Él sabría discernir qué hacer en estos tan atribulados momentos. Y si le tocara hacerse acompañar, ir con un ser incólume hasta el sitio de la aparición, tendría que ser él, el Iluminado, zanjó.

Marco Aurelio, ya sobre las 5:50 de esa mañana, al despuntar el día por entre las nubladas e intrincadas montañas orientales, aún no lograba disipar la gran incertidumbre respecto a lo visto, a lo observado; pero, en especial, a lo analizado ya en la intimidad de su alcoba, en especial, en relación con aquellos rayos que, al principio, le crisparon los nervios. Aunque a él le parecieron, desde el mismo momento que sintió y vio el primero, y después los dos de despedida, que no eran más que simples voladores sin tote, con solo pólvora blanca, como los que se usaban en las fiestas religiosas durante las procesiones y las alboradas. Y él lo sabía muy bien, tenía experticia en ello, pues desde pequeño, y heredado de su padre, le encantaba encargarse de manipularlos, de dispararlos, de echarlos durante las festividades; razón por la cual, en más de una oportunidad, y tras iniciar la mecha con un cigarrillo, el volador salía disparado hacia el cielo, pero sin explotar, pues los polvoreros, o habían olvidado colocarle el tote, o lo habían omitido adrede para ahorrarse unos pesos.

Y, aquella lánguida luz dejada por los tres voladores de esa noche, era la misma que observó en aquellas oportunidades. Pese a ello, es decir, a estar seguro de que los tres rayos de la noche pasada eran simples voladores sin tote, le ordenó a su espíritu y a su mente obviar ese detalle para continuar creyendo que todo aquello era producto del maligno entierro, del maleficio que se empeñaba en decirle algo, en indicarle hacer lo que se necesitaba para salvaguardar la vida de sus hijos y preservar sus transferidas propiedades y poder político y social en la región; más ahora que su tan terca como ingenua exesposa le había escriturado al sátrapa de su vividor, oportunista y trepador amante, que para colmo de sus males y tristezas era uno de sus más encarnizados rivales políticos, todo lo que él le cedió tras la tortuosa separación de bienes. Propiedades estas que les corresponderían a sus hijos, pensaba y así lo deseaba él, una vez ella muriera. Pues si en ese entonces no hubiera tenido esa equivocada certeza, él nunca hubiera accedido a transferírselas. Pero, eso sí, que ese par de tortolitos tuvieran la seguridad de que él dejaría de llamarse Marco Aurelio Mancipe —pensaba con encono y soberbia— si lo permitía, pues haría hasta lo inaudito para evitar que sus bienes, obtenidos, pero, en especial, mantenidos con tanta dificultad, sudor, lágrimas y sangre, pasaran de tan fácil e inicua forma a manos de ese malnacido izquierdista hereje con el que su ilusa exmujer se había amancebado hacía ya cuatro años, muy a pesar de las reconvenciones del señor cura párroco; *quien no hizo lo suficiente para impedirlo*, creía Marco Aurelio, razón por la que desde entonces le quitó gran parte de su apoyo económico a la parroquia.

En ese momento, al recordar a su exesposa, y sin saber por qué, le gritó, no solo en silencio, sino a la distancia: *Idalia, tengo la certeza de haber cumplido con lo que me correspondió. ¡Solo me faltó hacerte feliz! Por ello, si evocas mi nombre cuando ya no esté, así sea una sola vez, me harás feliz e iluminarás la senda de mi infinito trasegar hacia la eternidad.*

La mujer que lo asistía llegó sobre las siete de la mañana con el desayuno y la pócima, el brebaje, la contra del supuesto árbol Guare Guareta. Ingesta con la que debía continuar cada doce horas por prescripción del Iluminado, para garantizar que el maleficio no avanzara más rápido, le había ratificado cuando Marco Aurelio le insinuó, desde luego sin éxito, la posibilidad de suspenderla o cambiarla por una menos desagradable al gusto, al olfato y a la vista. Esta vez, y ante la insistencia de la mujer, Marco Aurelio tomó el desayuno completo, y media hora después, con lentitud, y expresión de horrible desagrado en su faz envejecida y cadavérica, tragó la inmunda agua con los entresijos crudos del cerdo, mientras observaba silente por entre la ventana, que ordenó abrir de par en par, hacia el sitio de la nocturna aparición. Instaba ubicar bajo la naciente luz de aquel día el lugar exacto de la visión, triangulando en su mente los tres referentes que tomó para tal efecto. Cuando creyó saber dónde era, sonrió, como mecanismo para tratar de ignorar el olor y el sabor a descomposición, a pútrido, del brebaje, mientras lo pasaba de su boca al esófago.

Esa mañana su chaparrete guía espiritual llegó algo más tarde de lo acostumbrado, pues el montaje, la dirección, el desmonte y el control de toda la parafernalia que implicaron las apariciones de las luces de las dos noches anteriores, labor ésta asignada directa e ineludiblemente a él por el mismísimo Iluminado, ya comenzaban a pasarle factura, a afectarle su regular estado físico; en especial porque él y los otros integrantes del equipo debían trabajar en la completa oscuridad desde la nueve de la noche y terminaban, sobre las 2:30 y hasta 3:00 de la madrugada, de desmontar y llevar hasta la finca vecina, arrendada para tal fin, las cuatro cornetas que estratégicamente ubicaban, así como el amplificador, la planta eléctrica, el ACPM para hacer funcionar la planta, los cables para conectar las cornetas al amplificador, los voladores sin tote y los pesados tanques de oxígeno y acetileno, junto con la pistola soplete; elementos estos últimos mediante los cuales lograban los impactantes efectos controlados de la azulosa llama.

Eran las nueve de la mañana y Marco Aurelio, visiblemente más afectado que en los días anteriores por los dolores producidos ante la voracidad de los parásitos que diezmaban, implacables, sus vísceras y masa encefálica, permanecía, ya vestido, recostado en una silla isabelina heredada de su padre, de frente al sitio de la aparición. Había decidido, también, no moverse de allí durante el día. Quería grabar el camino que esa noche haría hasta llegar a la luz. Además, los dolores, en especial durante el día, eran ya incapacitantes y por ende le impedían moverse sin agravarlos. Ayer, producto de la ansiedad, hizo el diurno recorrido; pero, hoy sentía que no sería capaz. Esperaría la sombra, la penumbra, la noche durante la cual los dolores eran menos intensos, algo más llevaderos; o por lo menos eso creía, ¡o quería creer!

Su guía espiritual, ante la parquedad de su víctima de callar respecto a los sucesos de la noche, como siempre, estuvo dispuesto a escucharlo, a darle consuelo, a distraerlo con sus lecturas bíblicas y sus historias de religión. A hablarle de la vida eterna, donde no hay sufrimientos y todos los seres son iguales ante los ojos del

Todopoderoso; donde no hay tristezas, ni dolores, ni pesadumbres, siempre y cuando en vida la persona haya redimido sus pecados, haya limpiado su mancha original, se haya convertido a tiempo mediante la caridad, el desprendimiento de las vanas, pasajeras, contaminantes, alienantes y mundanas riquezas y cosas materiales que cargan de malas energías y consumen en el dolor la miserable vida de los seres humanos.

Durante ese día, más que en los anteriores, concluyó en silencio Marco Aurelio, su guía espiritual fue incisivo con las historias de los entierros, de los maleficios, de las demoníacas apariciones, de las almas en pena, de las señales, de las raras formas de limpieza. *Como si estuviera enterado*, rumió en su mente el enfermo, pero rápido eludió tan truculento pensamiento, pues las palabras de aquel, ese día, hasta le generaron en algún momento durante el almuerzo que no pudo tolerar su estómago por más de media hora, el ambiente propicio como para compartirle lo de las apariciones de la noche anterior. Pero, no. Se contuvo.

Marco Aurelio había decidido hacerlo solo, sin involucrar a nadie, hasta tanto no fuera indispensable, menester, definitivamente obligatorio. Sin embargo, ya entrada la media tarde, su salud empeoró como consecuencia de la debilidad causada por el vómito y la diarrea, esta vez con visible y abundante sangrado. Maluqueras estas dos que se empecinaron por no dejarle alimento alguno en su estómago, motivo por el cual su guía espiritual y la señora que lo asistía directamente decidieron comenzarle a dar, por una parte, el Agua de la Maravilla, la caléndula, adicionada con una secreta mezcla de arroz y maíz amarillo tostado, zanahoria, cáscara de piña perolera, paico, verdolaga, ajo machacado, cristal de zábila, hojas, batatas y raíces de rubirnaca, rubirnásea y de otras hierbas y componentes medicinales. Mejunje recetado para detener, o por lo menos para pasmar, temporalmente, el ataque fulminante y criminal de las amebas. Asimismo, y junto con el Agua de la Maravilla, le comenzaron a dar un complemento nutricional: el Poderoso Suero Restaurador. Se trataba de un caldo hecho con ahuyama, papa pastusa, carne de res y pichón de pato, sangre de chulo, raíces de pomarrosa, semillas secas extraídas de las batatas de la rubirnaca, leche de caracuchos de agua dulce, zumo de papa pobre o guatila y preservantes naturales. Brebajes, estos dos, suministrados, por supuesto, desde la botica del Iluminado Indio Guarerá, con la instrucción precisa, categórica, de dárselos solo en el caso de que se presentaran en la víctima tales síntomas antes de haber logrado el objetivo final. Pues no debían, ni mucho menos podían, dejar que se les muriera sin haber concluido con éxito total el criminal proyecto: la estafa completa.

Ante la por demás angustiante y evidente debilidad de su cuerpo, y temiendo un repentino y fatal desenlace, Marco Aurelio decidió, tras hacer salir de su alcoba a la mujer que tan buena y sin interés alguno lo asistía, compartir con su guía espiritual lo relacionado con la aparición de la luz.

Y debía confiar en él, fundamentado en dos sólidas razones. La primera: fue el mismo Iluminado quien se lo recomendó. Le dijo que ese hombre era el complemento espiritual perfecto para el tratamiento, la cura y la limpieza que se requerían; ya que ni el Profesor y

Maestro Luz de Esperanza, ni él, el Iluminado, podían estar de manera permanente a su lado. Y la segunda razón, y a diferencia del Profesor y Maestro Luz de Esperanza, Abelardo Ramírez, su guía espiritual, no le había generado desconfianza alguna desde cuando se le acercó y le ofreció, de forma gratuita, desprendida y continua sus servicios y apoyo y, sobre todo, porque desde cuando decidió ese buen hombre estar a su lado, jamás le habló ni le solicitó dinero ni compensación alguna; no cobraba honorarios de ninguna índole y ni siquiera exigía para él, ni para su abnegado, entregado y servicial equipo, comida, dormida, ni elementos de aseo. Todo lo traían por su cuenta y hasta lo compartían con él. Vio, incluso, que algunos de aquellos servidores de la Iglesia de Dios se encargaban de los cuidados ineludibles de la finca, también, sin contraprestación alguna.

Esa tarde Marco Aurelio le comunicó a su guía espiritual, no solo lo de las apariciones de las anteriores dos noches, sino, las instrucciones que recibió de la voz aquella. Le rogó el favor de no comentarlo con nadie diferente al Iluminado, con quien él, Marco Aurelio, quería que se hiciera el desentierro; por ende, el conjuro, la limpieza y, por supuesto, la sanación de su cuerpo, en especial, la de su espíritu; pues él había depositado en ese sacro, sapiente e incólume hombre, en el Indio Guarerá, toda su confianza y fe.

El chaparrete guía espiritual, Abelardo Ramírez González, a nombre de quien ahora figuraban todas las demás propiedades de Marco Aurelio, al escucharlo, sintió alivio, pues todo indicaba que su víctima, por fin, estaba lista para la gran final; es decir, para transferir la última de sus propiedades. De esa forma, pensó Abelardo, se podía continuar con la segunda fase del plan, la cual él esperaba que fuera corta, aunque sabía que sería más complicada y riesgosa, al ser inevitablemente pública. Sin embargo, lo consolaba el pensar que una vez finalizada esa etapa se podría marchar de allí con su jugosa paga. Sí, irse de San Vicente de Sumapaz y nunca más volver. Y Abelardo lo tenía claro. Sabía cuál era su rol en esa ilegítima y criminal, pero jurídicamente "limpia" operación. Abelardo lo sabía. Él tan solo era un simple, como débil y expuesto, eslabón en la cadena de testaferros de Rómulo Vinchira Torcuato. Por la anterior razón, ahora todo lo de Mancipe figuraba de forma legal e irrefutable a su nombre, tras las recientes "compras" que le hizo a su cómplice Avelino Gacharná, el Profesor y Maestro Luz de Esperanza, a nombre de quien, con artificios, fueron trasferidas las propiedades de Mancipe, siguiendo el muy bien hilvanado y ejecutado plan jurídico de Germán Villarte Lopera para eludir y confundir al momento de las reclamaciones que se presentarían tras la muerte de Marco Aurelio, por parte de sus herederos legítimos, al poner en venta la totalidad del botín.

Ahora se trataba de saber manejar con sutil estrategia esa postrera etapa del plan; con mayor razón cuando, según lo intuía Abelardo Ramírez, y se refocilaba en lo más íntimo y recóndito de su espíritu por ello, le iba a tocar al Iluminado ponerse al mando de la situación, ante la terca insistencia de aquel pobre despojo de hombre, de Marco Aurelio, de hacer el desentierro, en exclusivo, con el gran jefe.

Abelardo Ramírez escuchó a Marco Aurelio con actitud serena, respetuosa y atenta. Lo dejó que hablara, que se desahogara. No en vano era un psicólogo, aunque jamás pudo hallar trabajo honrado para ejercer tal profesión desde cuando se graduó, diez años antes, en la Universidad La Patria, en la capital. La única oportunidad profesional que encontró fue con el Iluminado cuando lo consultó por su mala suerte. El Indio Guarerá de inmediato le atisbó a Ramírez, con certeza, el perfil para este tipo de actividades y lo vinculó a su nómina, con una paga de un salario mínimo, más comisión por cada "proyecto", que como este, si lo "coronaban", le iba a proporcionar un ingreso extra. Comisión, algo así como una bonificación por productividad laboral, pese al riesgo jurídico que implicaba tal fechoría y que si no salía bien, a la cárcel iría a parar. Él era consciente de ello. Pero, en esa organización, y desde la llegada de Germán Villarte Lopera, todos "respiraban", incluso el mismo Iluminado, un aire de más tranquilidad, pues las cosas ahora tenían un tinte de mayor legalidad y, llegado el caso, ese abogado era muy hábil, sagaz, y sabía cómo resolver, al parecer, cualquier irregularidad, cualquier entuerto que se presentara; siempre aplicando la fatal filosofía que al respecto lo movía, y que sintetizaba con la siguiente frase: *"En este país, el poder y el dinero le tuercen el pescuezo (somete) al derecho"*.

El doctor Villarte era, entonces, el responsable de la imagen corporativa jurídica de la Organización Vinchira Torcuato (OVT) y, por supuesto, que a él le importaba y necesitaba que las cosas salieran bien, pues sus honorarios y participaciones en las utilidades empresariales estaban íntimamente ligadas a la efectividad inmediata, mediata y futura de todos los negocios que se ejecutaran. Eso era lo que permitía que los demás miembros de la Organización Vinchira ahora "respiraran" con mayor tranquilidad.

Tan pronto Marco Aurelio terminó su historia, Abelardo asumió una teatral actitud meditativa, mientras deambulaba de un lado a otro y alrededor del enfermo. Las sombras de la agónica tarde comenzaron a danzar, cual fantasmas, en las paredes laterales de la ventana de la habitación. Aún no prendían la lámpara de kerosene, por lo que el presagio de la noche invitaba al misterio. Aquel obeso hombre no quería, durante esa noche, repetir la desgastante faena de las dos anteriores. Quería irse temprano a descansar y recuperar el sueño perdido. Pero tenía que crear la estrategia perfecta para que el influjo e impacto de las dos apariciones anteriores no se esfumaran ni diezmaran su intensidad en la trabajada mente de Marco Aurelio, ante la repentina ausencia de esa noche. Tampoco quería apartarse del libreto ordenando por Vinchira. Además, sus hombres estarían, con toda seguridad, inquietos y esperando su salida para escuchar y cumplir sus instrucciones y directrices, y aprovechar el claro de tarde para desplazarse hasta la finca vecina y organizar lo pertinente, siempre y cuando él lo ordenara.

Como el correr de las nocturnas sombras en el páramo es más sensible y rápido que en pueblos y ciudades, allí, en San Vicente de Sumapaz, y en especial en El Porvenir, cinco minutos después de haber terminado de hablar Marco Aurelio, y tras el deambular carnavalesco de Abelardo, la helada tiniebla impuso en la habitación su altiva presencia, penetrando con agresividad por entre los cristales de la ventana y abrigando con su ropaje de frío a los dos hombres. Abelardo, entonces, decidió cubrir con el cobertor de la cama la humanidad del paciente. Luego prendió con un fósforo extraído de la caja que reposaba en uno de los bolsillos de su chaqueta de cuero la mecha del candelabro de kerosene, cuya luz fue engullendo con lentitud y capricho la invasora oscuridad. Una vez volvieron las cosas de la habitación a su relativa normalidad y forma, el guía espiritual pidió permiso al enfermo para salir unos minutos e impartirles instrucciones a sus colaboradores. Además, le solicitó, con empalagosa amabilidad, que lo esperara, pues quería darle su apreciación, concepto y humilde recomendación respecto de las significativas apariciones que tan gentil y bondadosamente tuvo a bien compartir con él, quien no era más que su humilde y abnegado servidor, enviado por Dios.

Abelardo salió y despachó a sus hombres y a la mujer que asistía a Marco Aurelio, no sin antes comunicarles que por esa noche todos podían irse a descansar, pues el "paciente" ya estaba a punto de "quiebre". Le pidió a la asistente que le sirviera una bandeja con bastante carne y le dejara en el horno de leña otra buena porción con yuca, papa y plátano y, sobre todo, una jarra llena de guarapo; también, que le preparara dos raciones del Poderoso Suero Restaurador, adicionándole una dosis adecuada de dormidera a la segunda. Les dijo que por él no se preocuparan, pues después de privar a Marco Aurelio se iría a dormir a una de las habitaciones desocupadas de la casa. Le ordenó a la mujer asistente que para la siguiente mañana le trajera, bien temprano, utensilios de baño y una muda completa de ropa limpia. A otro de sus dependientes colaboradores le encomendó para que también al día que seguía, antes de las seis, fuera hasta la ciudad de Funaganugá, en la camioneta F-100 que les suministró el Iluminado para esta operación, y que muy reservadamente desde la oficina de la Telefónica llamara y pusiera al corriente de los últimos acontecimientos y logros alcanzados en la operación Mancipe, tanto al Profesor y Maestro Luz de Esperanza, como al gran jefe: el Iluminado Indio Guarerá. Además, que les dijera sobre la terca actitud y disposición de Marco Aurelio, quien, pese a su insistencia y manejo mental, quería que solo el Iluminado se encargara de forma directa de la etapa final del plan. Es decir, que Mancipe solo aceptaría al Iluminado como compañero para ir a marcar el sitio del entierro y, por ende, proceder en su compañía al conjuro, desentierro y demás etapas del fraguado plan. Que les dijera, también, que entonces, tanto él como su equipo esperaban las órdenes para continuar, según se decidiera en la ciudad capital.

Al regresar, cuarenta y cinco minutos después, a la alcoba de Marco Aurelio, Abelardo, saciado su apetito y tras haber impartido las respectivas órdenes a sus secuaces inmediatos, llevaba en un charol de aluminio las dos tasas con el Poderoso Suero Restaurador y el frasco con el Agua de la Maravilla. Le dio de inmediato a beber al "paciente" una segunda dosis de caléndula y luego la tasa del suero, reservando la que contenía la dormidera para más tarde. El enfermo, quien con la primera dosis de los dos brebajes había sentido gran alivio a sus dolores y aminorado el efecto de la diarrea y suspendido el vómito, le agradeció inmensamente por esas dos benditas medicinas; pues además de los efectos que estaban alcanzando, ninguna de esas era tan repulsiva como la contra: el Guare Guareta. Pócima a la que hacía ya unos días había comenzado, en silencio y sin siquiera intención de oponerse y mucho menos de decírselo a alguien, a odiar intensa y ardorosamente; así como a culpar y responsabilizar por los daños de estómago e infernales dolores que lo atormentaban y disminuían su fortaleza.

A partir de ese momento, Abelardo, con voz queda, monocorde y analgésica, inició una perorata que duró más de dos horas, cautivando, sedando y adormilando a su asistido, quien no hizo otra cosa que escucharlo silente, paciente y con evidente muestra de inducido sometimiento. Le dijo, entre tantas cosas, que la aparición aquella era una clara señal de que en esas tierras había un gran pecado por redimir; alguna deuda pendiente por saldar, con alguna comunidad religiosa, con algún ser al servicio de Dios; causada, quizá, desde hacía mucho tiempo. Insinuó que tal vez podría o no tener relación con él, o con su padre; incluso, con antepasados que ni siquiera Marco Aurelio conocía. Pero, lo cierto era que lo estaba afectando a él y que era, entonces, él y solo él: Marco Aurelio, en ese momento, quien debía… quien tenía la responsabilidad, histórica y moral, de reconvenir, resolver, solucionar… ¡pagar por ello! Que se diera cuenta de que la señal era muy clara al haberle impedido llegar hasta el mismo sitio del entierro, pues lo estaba rechazando por algún pecado, por alguna debilidad, por alguna mancha abrigada en su espíritu, lo que podría significar que, por tal razón, tendría que valerse de algún hombre inmaculado, indemne, sin mancha alguna, sin mundanos defectos ni ambiciones materiales, de solo virtudes espirituales, para poder señalar el sitio. En ese momento se ofreció para que Marco Aurelio contara con él, con su desinteresada y diáfana colaboración, para lo de la marcada del sitio, para lo del desentierro y posteriores acciones que de ello sobrevinieran.

Cerca de las 10:15 de la noche Abelardo le suministró a Marco Aurelio la segunda ración del Poderoso Suero Restaurador, la que contenía la dormidera, mejunje que de inmediato bebió el enfermo y cinco minutos después hizo efecto, sumiéndolo en el letargo. Marco Aurelio Mancipe tan solo se despertó al día siguiente, pasadas las nueve de la mañana. Cuando lo hizo, luego de haber dormido ininterrumpida y plácidamente, Abelardo Ramírez estaba a su lado, recién afeitado, bañado y con nueva, diferente y limpia indumentaria, y otra generosa ración del Poderoso Suero Restaurador, así como con el frasco que contenía el Agua de la Maravilla. Pociones que bebió el enfermo, una tras otra, con apresurada y gustosa sensación. Marco Aurelio, tras aquella noche, recobró algo del color en su faz y la mueca de muerte que el día anterior se asomaba macabra en sus hundidas cuencas, se escurrió y mimetizó, temporalmente.

Abelardo Ramírez González, pese a querer que Marco Aurelio continuara exigiendo el acompañamiento del Iluminado para la etapa final de aquel intrincado y complicado trabajo, pese a que él y su equipo lo llevaban avanzado en un alto porcentaje, era consciente de que a su patrón le iba a disgustar sobremanera tal situación; pues si algo caracterizaba a Vinchira, era el no involucrarse, el no incriminarse; por lo que siempre obraba a distancia del lugar de los acontecimientos, del sitio en donde se fraguaran y ejecutaran sus trabajos y los "negocios" de esa índole. Y, por supuesto, en lo posible, porque jamás figurara o se mencionara su nombre; menos, que le tocara ir, dejarse ver, así fuera por un instante, en la escena del crimen. Por todo ello, Abelardo decidió insistirle a Mancipe para que desistiera en su empeño de exigir la presencia del Iluminado. A cambio, le propuso que le permitiera a él, a su asesor espiritual, seguirlo guiando en esa etapa final de aquel proyecto. Desde luego que Ramírez esperaba ansioso la llegaba desde Funaganugá del hombre que envió para que informara por medio de la Telefónica los avances de la operación y, en consecuencia, recibir las órdenes que el Iluminado hubiera impartido, aunque presentía cuales iban a ser.

La rubirnalia es una planta de flor vistosa. Los colores y la forma de sus pétalos son similares a los de la serpiente coral; es decir, anillos brillantes, vivos, con hermosas tonalidades amarillas, rojas y negras. Esa planta es llamada por las comunidades donde se da, como la "Mata Culebra", ya que es venenosa, no solo al ser ingerida, sino al simple tacto con la piel; en especial si se le toca por los bordes de las llamativas hojas, o por la punta de los pétalos de las flores que presentan como una especie de microscópicos dientes en forma de sierra, mediante los cuales, al entrar en contacto con la aérea batata de la rubirnaca, de su misma especie, la poliniza. Pero, para que germine una nueva planta de esa familia, se requiere que las raíces de la primera, con las de la segunda, tras la polinización, estén entrelazadas con las rizadas cepas de la rubirnásea, tercera planta de la misma especie, una parte en la tierra abonada y húmeda a la orilla del salto de la quebrada La Nutria, en la Serranía los Macadanes, al sur occidente del departamento del Saque; y la otra mitad de raíces, cepas y batatas, deben estar enredadas, como una trenza, dentro del agua, en medio de las gigantescas y antiquísimas rocas que forman el lecho del hídrico afluente aquel. Si se dan estas condiciones, y solo en ese sitio del mundo, germinarán las nuevas plantas que pueden ser, indistinta y caprichosamente, hermosas y atractivas como venenosas rubirnalias, unas pocas; discretas, opacas e inocuas rubirnáseas, otras tantas; o tan feas como potentemente medicinales y nutritivas rubirnacas, la mayoría.

Ni la rubirnaca ni la rubirnásea florecen, lo cual sí hace la espectacular y bella rubirnalia. Aquellas dos primeras uliginosas hierbas son poco atractivas a la vista; producen una sola y lánguida hoja, morado oscuro la primera y negro opaco la otra. Son, además, muy frágiles, frugales, quebradizas y medicinales. Los primates, chuchas, perros de agua, armadillos, tejones, pumas, ardillas y osos hormigueros de la serranía usan sus hojas y tallos de forma instintiva, no solo como nutritivo alimento, sino para desparasitarse y drenar sus hígados, páncreas y riñones; cuidándose, eso sí, de no tocar ni rozar con ninguna parte de sus cuerpos las flores y las hojas de las ponzoñosas, como encantadoras, provocativas e insinuantes rubirnalias.

El Profesor Orinoco, padre del Indio Guarerá, fue el primero en observar, estudiar y entender la naturaleza y los alcances de estas plantas *sui generis*. Por desgracia, sus descubrimientos los utilizó, no para beneficio de la humanidad, sino para su funesta e ilícita actividad, que, como las fórmulas de sus brebajes y los secretos de su inicuo negocio, heredó a su hijo, el Indio Guarerá, quien no dudó en explotarlos de forma masiva para lograr de manera más rápida y rapaz que su padre, todos sus perversos y malsanos objetivos personales.

Los destilados, cocinados y tamizados zumos de estas tres plantas, en combinación con otras abundantes como desconocidas, inexploradas y potentes sustancias, en especial del reino vegetal, se convirtieron en la base fundamental, antes de la masiva industrialización, comercialización y distribución de la que fueron objeto por parte de los descendientes de Vinchira Torcuato; ya para elaborar un efectivo, simulado e indetectable veneno; ya para un lenitivo o paliativo; ya como jarabe, infusión o gotas para la cura definitiva de algún síndrome, mal o padecer común o extraño, propiciado, desarrollado o congénito; ya para un riego, un ungüento, un perfume, una esencia o toma para la suerte, el amor, los negocios, o para causarles daños a los enemigos; entre otros productos que hacían parte del variado portafolio de negocios privados de la Organización Vinchira Torcuato (O.V.T.). Brebajes y preparados estos que se fabricaban a gran escala en la trastienda de la sede principal de la Catedral para la Orientación y la Asistencia Espiritual y Fábrica de Milagros del Indio Guarerá; ubicada allá, en la ciudad capital, sobre la avenida Carabobo con calle 54; sitio en el que se vendían con desproporcionado éxito, gracias a la subliminal y mediática manipulación ejercida sobre la empobrecida y alienada mente de la cada día mayor clientela, no solo de la clase menos favorecida, social, educativa y económica; aunque sí era la más numerosa, frecuente y generadora del setenta y cinco por ciento de los ingresos de aquel negocio; sino entre políticos, artistas, industriales, comerciantes, banqueros, gente de la farándula y hombres de la Iglesia, las Fuerzas de Seguridad del Estado, la Gendarmería, la Guardia Nacional, el Gobierno, el Congreso, la Justicia, y hasta narcotraficantes, guerrilleros, integrantes de Grupos de Justicia Privada y delincuencia común y organizada.

Personajes aquellos, sobre todo los de este último grupo de nacionales, quienes no tomaban decisión alguna, pública o privada, sin la ayuda espiritual ni el rezo pertinente, y menos, sin el brebaje o preparado respectivo del Iluminado. Reputado curandero quien para entonces se valía de quince dobles para atender "personalmente" a su creciente clientela, tanto en los dos consultorios que hizo adaptar en esa misma sede, como en los otros que abrió en populosos barrios de la ciudad y en cinco poblaciones circunvecinas; cuando no era que lo citaban en sus respectivos despachos, guarniciones, madrigueras y bufetes, sin importar el astronómico precio que les cobraba por tales visitas exclusivas.

Los dos preparados genéricos que Abelardo Ramírez le acababa de suministrar a Marco Aurelio, tras la plácida y tranquila noche que el hacendado pasó, eran fabricados con el único propósito de restaurar de manera momentánea, física y mental a las víctimas de los fatales efectos que producía la ingesta continuada del Guare Guareta. Aquellos bebedizos buscaban evitar el ineludible, inexorable y doloroso deceso, que, en el caso particular de Marco Aurelio, y por las cantidades que a la fecha le habían suministrado, el Iluminado lo sabía y aleccionó en ese sentido a sus colaboradores, deberían estar por hacerle perder el conocimiento, de compelerlo a entrar en estado de coma irrecuperable, por más fortaleza física que aquel campesino tuviera y, en consecuencia, de matarlo en unos pocos días. El Poderoso Suero Restaurador (el P.S.R.) y el Agua de la Maravilla solo eran paliativos y estimuladores cerebrales para prolongarle por unos días, sin dolor, la existencia a la víctima, mientras lograban la total acometida criminal.

Una vez culminó de beber la poción de agua de caléndula, Marco Aurelio, eufórico por la acción de los brebajes, le inquirió a su asistente espiritual sobre las dos cuestiones que en ese momento agobiaban su mente y la razón por la cual lo dejó dormir toda la noche; el motivo por el cual no despertó a la hora de la aparición; lo que le hizo perder la oportunidad de interactuar con la voz, de enfrentarla, de seguirla, ubicarla, y marcar, de una vez por todas el "bendito" sitio del entierro. Y la segunda: que si él, su guía espiritual, había estado pendiente de la aparición que lo pusiera al corriente de todo al respecto.

Abelardo Ramírez, con la prudencia, la calma y el tacto que consideró que debía manejar en esa situación, por lo menos hasta que llegara el mensajero con las instrucciones dadas en la capital, le comunicó que él estuvo a su lado, cuidándole su salud, velándole su sueño, hasta las doce de la noche, cuando, en efecto, ¡apareció la luz! Que, en ese momento, le dijo con zalamería, instó despertarlo, sin lograrlo, debido a los obvios efectos del P.S.R. que había ingerido. Que, por esa razón, le justificó Abelardo, decidió ir solo. Que, sin embargo, una vez salió al patio, continuó Abelardo, la luz se esfumó y no volvió a salir; como era obvio que sucediera, pues la señal y el mensaje tenían un único destinatario: Él, Marco Aurelio Mancipe. Y que no lo forzó, finalmente, a despertarse, pues consideró que ese sueño era necesario, que lo iba a recomponer y a mejorarle su salud, como en efecto sucedió, según observaba, se disculpó con ladina actitud. Que, además, con toda seguridad, durante la siguiente noche, ya repuesto Marco Aurelio, al momento de aparecer de nuevo la luz, con él, con su guía espiritual a su lado para el soporte a que hubiere lugar, llegarían hasta el sitio exacto y procederían, de inmediato, no solo a marcarlo, sino a iniciar el desentierro. Industria para la cual ya había dispuesto y hecho traer las herramientas necesarias. Que confiara en él, le increpó con melindres exagerados; que él sabía cómo hacer ese tipo de cosas, sobre todo, estando de por medio el bienestar físico, pero, en especial, el mental y espiritual de Marco Aurelio, quien por orden de Dios era su protegido, hizo altanero énfasis.

Mientras Abelardo hablaba, Marco Aurelio saboreaba con ansiedad y gusto reprimido el caldo de pichón de paloma, con papa y cilantro, el cual le fue dado como desayuno, servido y llevado por la mujer que lo asistía en esos menesteres, siguiendo siempre al pie de la letra las previas, precisas y claras órdenes dadas por el Iluminado para cada momento y etapa del proyecto, y según evolucionara físicamente la víctima de turno. En ese momento Abelardo Ramírez fue llamado por sus secuaces. Estos le avisaron que ya había regresado el mensajero enviado hasta Funaganugá y que traía las categóricas instrucciones a seguir de inmediato; estas eran las que todos con antelación sabían: El Iluminado no haría presencia, por nada del mundo, en el sitio del crimen, y menos ahora que se avecinaba la etapa crucial, crítica y jurídica más riesgosa: ¡El inducido deceso!, ¡la trabajada y controlada muerte de Marco Aurelio Mancipe!

¡Sí!, les mandó a decir el astuto y escurridizo Indio Guarerá que siguieran con el libreto dado, sin apartarse de este ni siquiera en una coma, y que se apresuraran, pues el tiempo apremiaba y la salud de la víctima empeoraría en los próximos días; razón por la cual tenían que continuar con las dosis indicadas del Poderoso Suero Restaurador, el Agua de la Maravilla y los caldos de pichón y papa, hasta cuando Marco Aurelio firmara la transferencia de la última de sus propiedades; momento a partir del cual había que suspenderle, de inmediato, los caldos y los brebajes restauradores e intensificarle el Guare Guareta, modificado y mejorado en cuanto al olor, sabor, apariencia y letal eficacia. También les mandó a decir que no se desesperaran, pues tal y como le había contado el mensajero, las cosas iban saliendo bien y dentro de lo presupuestado. Que Abelardo tenía que ganarse por completo el respeto y la confianza de Marco Aurelio y convencerlo de asistirlo en todas y en cada una de las etapas del proceso restante; es decir, en la ubicación y marcación del sitio del entierro y en la posterior operación de exhumación, lectura, interpretación, decisión y clausura.

Por último, comentó el mensajero, que el Iluminado los mandaba a felicitar por los avances y los logros obtenidos, razón por la cual, había decidido incrementarles en un punto cinco por ciento sus respectivas cuotas de participación en ese negocio a todos los que estaban ahí, asistiendo a Marco Aurelio en El Porvenir, siempre y cuando culminaran y lograran, a tiempo, el cien por ciento del objetivo. Así mismo, concluyó su informe el mensajero, que, por disposición del Iluminado, a partir de esta tarde se incorporaban al equipo de trabajo de la hacienda dos de los asistentes espirituales que venían atendiendo a la población en San Vicente de Sumapaz, con el propósito de apoyarlos en las pesadas y nocturnas cargas que estaban por venir.

Vinchira Torcuato, antes que cualquier otra cosa, era un exitoso como inescrupuloso y empírico empresario capitalista, en un país en subdesarrollo, no por carencia de recursos naturales, que en aquellas latitudes aún los hay, y en abundancia, sino por el pensamiento oblicuo de sus gentes. Él era un sagaz hombre de fuliginosos negocios, sangraza actitud y certeros resultados. Muy amigo del dinero, de la riqueza; dispuesto a obtenerla, sin ambages de ninguna índole, a como diera lugar, y ojalá fácil, ¡dentro o fuera de la ley! Además, era experto en el ardid, la trampa, el engaño comercial, el manejo, la manipulación de conciencias, en especial la de sus engarzados clientes y víctimas y, desde luego, la de sus dependientes.

En relación con sus dependientes, no era dado ni susceptible a los halagos, a las lisonjas ni a las felicitaciones. Ni los daba ni le gustaba recibirlos. Sin embargo, sabía, era consciente de que las difíciles condiciones de aquel trabajo, de esa intrincada y riesgosa operación, y por lo prolongado para la obtención de sus significativos resultados, cocinaban la desesperación y la incertidumbre de sus trabajadores, que aunada con la tibia presencia represiva de su mando y liderazgo directos, por la estratégica y necesaria distancia que había que guardar, podrían echar al traste toda la operación Mancipe y, por ende, poner en alto riesgo las cuantiosas utilidades y metas empresariales esperadas. Y esto, con independencia del gran avance hasta entonces logrado.

Rómulo Vinchira Torcuato optó, entonces, por la más común como efectiva de las estrategias laborales, la que a la postre les redimió a sus empleados la fe, la confianza y el "alquilado" como deleznable sentido de pertenencia para con la organización. Les atizó el rescoldo de sus intenciones, pero, en especial, de sus ambiciones, intereses y concepciones personales. Pues, al fin y al cabo, ellos eran solo eso: obreros sin más vínculo real, cierto, efectivo, afectivo y tangible con su organización que la paga; la cual, además, era al destajo y, desde luego, sin prestaciones sociales, ni mucho menos medico asistenciales.

Rómulo sabía que poco y nada les importaba a esos alquilados, su empresa, su negocio, su patrimonio, sus finanzas, su expansión, sus objetivos; lo legal o no; prosperara o no; se quebrara o no. Todos ellos estaban ahí tan solo por la simple y elemental necesidad actual, inmediata, presente, de la diaria subsistencia; dada la precaria, real, creciente y difícil condición laboral, de desempleo en el país, pese a los manipulados informes oficiales en contrario. Continuaban con él y aceptaban tan leonina contratación, porque preferían, a cambio de nada, aquel exiguo pago quincenal, con la esporádica expectativa de las comisiones que recibían cuando "coronaban" un negocio. Es más, y el Iluminado lo sabía, que si a ninguno de esos empleados les concernía, en absoluto, ni siquiera su patria; mucho menos les iba a importar la suerte de aquella, su empresa. Debido a ello tampoco les interesaba, ni les estorbaba en la conciencia, que el objeto de su relación laboral fuera, además de abierta y con descarada ilegalidad, inicua e injusta para con ellos, horrenda y criminal para las víctimas, así como lamentable para el progreso del país.

Vinchira Torcuato sabía que, para sus empleados, así como para un alto porcentaje de habitantes del país, lo único que existía, valía y por lo que estaban dispuestos a hacer lo que fuera, era su miserable y complicado presente. No contaban con su pasado, ni siquiera pensaban en él, y menos les atañía lo que el futuro les deparara. Vivían el día a día, y podría decirse que hasta disfrutaban su miseria integral. Y era que, sencilla y genéticamente, no les podía interesar. La violenta, corrupta, insensata, insensible y deshumanizada historia patria de su actual y dos anteriores generaciones había extirpado de forma irreversible de sus cromosomas culturales la fe, la solidaridad, el respeto, el amor, la ilusión, la confianza, el deseo de superación, el ansia de progreso, el apego patrio y la capacidad nacional para crecer en asociación; inoculándoles, a cambio, el letal acíbar de la desesperanza social, que conduce, que conlleva, a esa particular concepción de vida que regía su presente y que lo haría de manera inexorable en su futuro; y que a su vez transmitirían, legarían, por lo menos a sus dos siguientes generaciones; con mayor ahínco ahora con el poderoso, subliminal y por demás eficaz apoyo de los medios de comunicación, en especial la televisión y su pobre, malsana, insalubre y oficialmente controlada programación; pensaba Vinchira Torcuato, y de todo ello se valía para construir y consolidar su sucio emporio, sobre el principio, tan suyo, de que si no lo hacía él, otro sí lo haría.

Ese día Marco Aurelio estuvo muy animado, exaltado; quizá como consecuencia y efecto de los brebajes y nutritivos alimentos que el día anterior, y durante el desayuno, a media mañana, al almuerzo y a media tarde, le suministraron aquellas desinteresadas, entregadas y santas almas, servidoras de la Iglesia de Dios. Sintió que recuperaba sus fuerzas, su vitalidad y, sobre todo, el entusiasmo por enfrentar y resolver, de una vez por todas, lo del "bendito" entierro, lo del maleficio que lo estaba corroyendo en vida y que con seguridad, una vez lo sorteara, una vez hiciera efecto pleno la limpieza; pensaba y se lo compartía a su guía espiritual con gran seguridad; se le iban a disipar, se le iban a desaparecer, como por arte de magia, y gracias a la ayuda del Iluminado, tanto sus males físicos como los del ánimo. Que no era sino observar, seguía insistiendo, como, al parecer, la "limpieza" ya comenzaba a obrar, a presentar sus primeros efectos, toda vez que la soltura, el vómito y los impresionantes dolores de estómago y cabeza, durante ese día, habían amainado.

Sobre las cuatro de la tarde, Marco Aurelio exigió que le mostraran las herramientas que su guía espiritual le adelantó tenía dispuestas para desenterrar el maleficio; pues era su inmodificable resolución comenzar esa misma noche con tal labor. Una vez lo llevó al abandonado y ya amontado establo, sitio en el que estaban los artefactos, no puso objeción ni por la pala, ni por el barretón, ni por la barra de hierro, ni por las dos peinillas, ni por las manilas, ni por las cubetas, ni por las chuspas de costal; tampoco por las dos lámparas de kerosene que hizo traer Abelardo desde Funaganugá. ¡Sí!, Marco Aurelio se declaró satisfecho con los preparativos, razón por la cual, y ante la insistencia de la mujer que lo acompañaba y la súplica de su guía espiritual, volvió a su alcoba a descansar un poco. Temían que tanta excitación y ejercicio le pudieran generar a la víctima una fatal reacción, teniendo en cuenta su precario real estado de salud, disimulado y mitigado por los efectos de los brebajes y la ingesta de la comida paliativa ofrecida desde el día anterior. No podían dejarlo que se desbordara, que se anegara con taimados triunfalismos. Sus victimarios necesitaban que estuviera en aceptables condiciones físicas y mentales, no solo para las carnavalescas y agotantes jornadas que le tenían preparadas; sino que tenían que asegurar, garantizar y responder para que estuviera en aceptables condiciones, físicas y mentales, al momento de desplazarse hacia la capital a firmar los documentos de transferencia de la postrera de sus propiedades. Documentos que el doctor Germán Villarte Lopera ya tenía listos, "cuadrados", en la notaría.

El Poderoso Suero Restaurador, con una dosis de dormidera, que le fue suministrado cerca de las cinco de la tarde, hizo su efecto de inmediato en la humanidad de Marco Aurelio, permitiéndole a Abelardo salir de la habitación y disponerles a sus colaboradores, incluidos los dos que llegaron del pueblo por orden del Iluminado, que se desplazaran al sitio en donde esa noche la luz haría, de nuevo, su aparición. Había que aprovechar, no solo las últimas luces del día, sino el inducido y controlado sueño de la víctima.

A las 10:45 de esa noche, cuando despertó Marco Aurelio, su guía espiritual ya le tenía preparada una frugal cena, acompañada con un vaso de la azucarada Agua de la Maravilla. Viandas que de inmediato el enfermo comió en su totalidad, junto con los mejunjes que bebió con avidez y gusto desaforado, mientras preguntaba, entre bocado y bocado, entre sorbo y sorbo, respecto de la hora y de los preparativos. También inquirió que si nadie más de los entregados hijos, servidores de la Iglesia de Dios, que lo atendían tan desinteresada y eficazmente, sabían de la operación; que si las lámparas de kerosene habían sido probadas; que si llevaban fósforos suficientes y secos. A todas y a cada una de las preguntas Abelardo fue respondiendo de manera tan atenta como pausada, asegurándose de que el paciente no dejara nada en los recipientes; pues las jornadas por afrontar requerirían de algo de lucidez mental, así como de una controlada y mínima fortaleza física de la víctima.

Basado en sus estudios de Física, Astronomía y Geología, Joaquín Cifuentes Cifuentes predijo tres cataclismos nacionales: un sismo de magnitud superior a nueve grados, con treinta y tres poderosas réplicas que sacudirían y desplazarían tres metros de tierra al sur a la capital de la nación. Tales remezones despertarían, lo predijo, un volcán que fiero dormita a los pies de los capitalinos. Pronosticó una lluvia de meteoros de mediano y gran tamaño que impactaría, durante tres días seguidos, el noroeste del país. Predijo, según sus estudios, que una voraz sequía, seguida de una incontrolable anegación nacional, dejarían expuestas las incalculables riquezas naturales que hasta entonces nadie en el país sabía de ellas; excepto empresas multinacionales y trasnacionales que las intuían y que ya las tenían inventariadas y repartidas, además de aseguradas con amplios y amañados contratos de explotación y comercialización exclusivos y a perpetuidad.

Que, para tales eventos, Joaquín, el mayor de los Cifuentes Cifuentes, lo escribió y sustentó en teoría, la sociedad no estaba preparada de forma técnica, económica, ni mucho menos, y por demás preocupante, en lo social y lo cultural. Dado, esto último, por el muy alto y crítico grado de dispersión solidaria y de desapego nacional que invadían de forma corrosiva las mentes de los habitantes; afectados, además, por atrevidas y fatales dosis de ambición y egoísmo, que calculada, subliminal y mediáticamente suministradas, actuaban en el subconsciente individual como un inoculado y recóndito miedo, con efectos de sometimiento, desesperanza, insolidaridad y soterrado inconformismo y desprendimiento patrios.

"Calamitosos acontecimientos aquellos, imposibles de evitar, dada la dinámica evolutiva del planeta que siembra y arrasa, que propicia y aniquila la esencia vital", escribió Joaquín. Sin embargo, según su teoría, presentó a partir de la fuerza incomparable de la inteligencia humana y de los inmensos, y aún por descubrir y explotar, aunque ya enajenados, recursos naturales con los que el país fue bendecido, una propuesta concreta, contundente y simple para cada uno de esos magnos eventos. *"No para detenerlos, lo cual es humanamente imposible"*, expuso, *"sino para mitigar sus devastadores efectos"*.

La primera estrategia que acuñó Joaquín tuvo que ver con la concienciación del problema al que estaba abocada la sociedad nacional; es decir, todos los habitantes del país, elemento vital del Estado, para proteger el segundo elemento vital: el territorio. La cuestión, tal y como lo planteó, consistía en que todos tenían que conocer, con antelación, la situación. Pero, eso sí, insistió, esta debía ser comunicada sin tremendismos ni explotación económico-mediática, como lo solían hacer los noticiarios, las redes sociales y los periódicos con los acontecimientos, sobre todo los sangrientos, que afectaban a uno o a varios integrantes de la comunidad nacional e internacional. Comunicadores estos que, en su afán de incrementar el *rating,* y con ello la pauta publicitaria, y por ende la facturación, no escatimaban en salpicar con bermejo tinte sus palabras, letras, grafos e imágenes. Y esto último, gracias al inconfundible deleite que despierta en los seres humanos la tragedia ajena, la sangre derramada; pero, en especial, en los habitantes de aquel esquinero país subcontinental.

Escribió Joaquín que la mitigación, y hasta la erradicación, de un problema comenzaba conociéndolo y aceptándolo, y no ocultándoselo con perversidad a una parte de los posibles afectados, con el pretexto de no generar conmoción. Aunque, lo que solían hacer los detentores de la autoridad y del poder: *"Esa excluyente y acérrima minoría histórica";* lo recalcó Joaquín, y por ende del sistema, tratándose de beneficios y subsistencia, en la mayoría de los casos; era proteger, a ultranza, sus intereses, comodidades y privilegios, así como a los integrantes de su reducido círculo afectivo, familiar, económico y social, a expensas de la mediáticamente anestesiada y empobrecida mayoría nacional. *"¡Error sumo!",* gritó en sus escritos Joaquín, quien insistió que: *"Cuando un problema es colectivo, la solución nunca será individual. Y esto, no solo aplica en ciencias fácticas",* reiteró.

La anterior acción tan solo hacía parte del paquete total de la solución propuesta por Joaquín. Esta necesitaba de otros componentes en forma complementaria y continua. Planteó, como segunda estrategia, *"La política del desasimiento de los intereses malsanos, de la individualidad, de la discriminación, del enconado odio entre coterráneos y, sobre todo, de la displicencia patria"*. Con tal acción, propuso cocer a fuego lento la tarta de la solidaridad y el compromiso por parte de todos y de cada uno de los habitantes del país. Manifestó que con tal cocido social se lograría edificar un efectivo e inexpugnable terraplén humanista, capaz de soportar la ciclópea embestida de las fuerzas de la naturaleza que causarían, de todas formas, víctimas aisladas, más no masivas. Que con tal constructo social, el inexorable impacto de la devastación sería inferior, muy inferior en comparación con el que provocaría tal vaticinado evento en el caso de la no existencia de aquel frente común; o en el caso de la proliferación de pequeños y suntuosos constructos contenedores exclusivos, individuales y egocéntricos; como también era costumbre hacer en aquel país por parte de los detentores de la riqueza, bajo la política nacional de: *"Sálvese usted como pueda, si es que tiene con qué hacerlo; que los míos y yo estamos protegidos por ser distintos a usted y a los suyos"*. Sí, Joaquín dijo que habría víctimas, pero propuso estrategias para su minimización.

En conjugación con las dos anteriores tácticas, Joaquín propuso el desprendimiento material y la instauración de un fondo común a partir de la unificación equilibrada de la riqueza nacional. Dijo que para ello era menester que tanto gobernantes como gobernados, empresarios como empleados, y habitantes en general, además de ser conscientes de que el problema los afectaría a todos, sin ningún distingo, tenían que trabajar en la solución en forma mancomunada y transparente, sin pensar en ventajas para uno u otro, pues lo que estaba de por medio no era solo la preservación de sus bienes materiales, sino su integridad física y la de la nación.

Reiteró que había que trabajar, y de inmediato, en procura de una solución que sería costosa y demandaría ingentes recursos y sacrificios patrimoniales, laborales, económicos y políticos, a nivel gubernamental, empresarial y personal. Es decir, lo dejó expreso: *"Se tiene que hacer un fondo social común y equitativo para apalancar la construcción del gran sistema de diques requeridos en el país. Mega construcción social fundada en la moral que demandará de inusual infraestructura humana y solidaria; pero, una vez construida en las zonas de pronosticada devastación nacional, será lo único que permitirá mitigar, no solo el embate del evento, sino sus rezagos y daños colaterales".* También escribió que: *"Sin reales y suficientes recursos, que en el país los hay en abundancia, y hasta para el desperdicio, y con solo palabras e intenciones promeseras, además, imbuidos en la priorización de las desigualdades, cualquier dique es deleznable y propenso a ser arrasado hasta por la más leve de las fuerzas de la naturaleza; las que nos castigarán de forma indiscriminada a todos los que estemos a su paso; así a unos nos afecte más, o menos; o a este ahora y al otro más tarde; pero, al final, compatriotas: en el devenir de las devastaciones sociales todos seremos damnificados, de alguna forma, tarde o temprano, pero no tanto como lo será la patria, que herida de muerte y sangrante de recursos será aún más atractiva y vulnerable al zarpazo del goloso depredador internacional".*

Escribió Joaquín, a título de colofón en su Redención Nacional, que *"La política y la religión, tal como se entienden, promocionan y practican en el país, y frente a la inexorable oportunidad dramática por enfrentar, no hacen ni deben hacer parte de la solución. Por el contrario, si siguen interviniendo, seguirán contribuyendo con el colapso y el caos de la patria, y más grave aún, si se tienen en cuenta los magnos eventos por venir. La solución, antes que etérea, impositiva, promesera, engañosa, fanática o fantasiosa, tiene que ser inmediata, cierta y producto de ese constructo social nacional y republicano".*

Finalizó su Redención Nacional agregando que el problema no debía ser interpretado como un castigo o un desquite de Dios, el arquitecto universal. Que, por lo tanto, la sociedad nacional no tenía que sentarse a esperar de Él un milagro solucionador; como solían hacerlo todos sus conciudadanos en momentos de crisis. *"Él le dio a su máxima creación, al hombre, todo el potencial y los recursos para que afronte esos y aún mayores eventos, como los que están por venir sobre el territorio patrio".* Manifestó también que: *"Le corresponde ahora a esa máxima creación divina que ocupa el territorio nacional demostrar que ha sido diseñada y fabricada a su 'imagen y semejanza'. Y, para corroborarlo, lo primero que tenemos que hacer es despojarnos del ropaje individual, ambicioso y egoísta que nos impide ver y nos cohíbe trabajar de manera mancomunada, solidaria, nacional y entregada; tal y como se lo predijo a Bernardo Mencino su maldiciente párroco Sarmiento, allá, en Oroguaní, a comienzos del siglo pasado —la centuria de la ignominia nacional— en el sentido de que las adversidades y las fatalidades que sufrían los hombres no eran obras de Dios, sino el resultado de negligentes o prepotentes conductas humanas, como exclusivamente humanas eran las respectivas soluciones".*

Y es que el reverendo Alirio, padre putativo de Joaquín y de sus otras dos hermanas, les trasmitió a los Cifuentes Cifuentes la fórmula que anduvo buscando Olegario Arturo Mencino, padre biológico de los trillizos, para instar salvar a la sociedad republicana de la hecatombe nacional, producto del contagio Mencino. Aunque Olegario Arturo Mencino tan solo pensó y trabajó en función de su parentela inmediata; más no así el reverendo, quien lo hizo, hasta el día de su muerte, de manera más amplia. El padre Alirio continuó la prédica con los trillizos a lo largo de su infancia y formación en el albergue, al norte de la capital; pero no para beneficio y salvaguarda de unos pocos; los inficionados Mencino y su círculo inmediato social, como lo trabajó y murió en ello Olegario Arturo; sino colectiva, social, general, para todo un país y parte del mundo. Es decir, el padre Alirio amplió la cobertura de acción a nivel global; sobre todo, porque a la fecha de obtener el título profesional el último de los trillizos Cifuentes, ese contagio, inoculado en la sangre Mencino, por línea de Bernardo, ya corría imparable al menos por el sesenta y tres punto treinta y tres por ciento de la población nacional, y se había extendido tanto en el subcontinente como en parte del mundo; según las cábalas y las proyecciones de la herramienta metodológica de trabajo elaborada por el padre Alirio y Olegario Arturo Mencino con tales propósitos; es decir, instar entender y detener los efectos de la maldición del tres, la Triada Maldita; proferida por el padre Aníbal Sarmiento, no solo sobre la persona de Bernardo Mencino, sino sobre su descendencia y círculo social y político, a comienzos del siglo pasado, allá, en Oroguaní.

La inocencia, el amor, el rencor, la ambición, el odio y la inseguridad, entre las más poderosas e incontrolables fuerzas que gobiernan las acciones de los seres humanos, marcaron la vida de Marco Aurelio Mancipe, de manera definitiva y dramática, en su respectivo e histórico momento. A la mezcla técnica de dos de ellas, primera y última; como lo aprendió en la facultad de psicología; había acudido, hasta el momento con éxito, Abelardo Ramírez González, el fingido guía espiritual de Marco Aurelio, como fundamento para doblegarle el endurecido espinazo a la conciencia de su paciente. Con tal estrategia ya había logrado que Marco Aurelio les traspasara, con relativa facilidad, casi todas las propiedades incorporadas en el copioso y riguroso inventario que inició Villarte Lopera, continuó el Profesor y Maestro Luz de Esperanza, y finalizaron los hijos y servidores de la Iglesia de Dios enviados a San Vicente de Sumapaz por Vinchira Torcuato. Las restantes cuatro fuerzas marcaron en el desarrollo del proyecto de vida de Marco Aurelio Mancipe una etapa específica, particular y decisiva; comenzando con la más fatídica para su suerte: el amor; o, mejor sería decir: ¡el desamor!

Marco Aurelio Mancipe se tuvo que casar muy joven, a los diecisiete años. Lo hizo con Idalia Gómez

Sanclemente; la núbil, adolescente, quinceañera y díscola hija del presidente del Directorio Conservador de San Vicente de Sumapaz, ortodoxo gamonal, quien, en su momento, además, era el más rico, temido y poderoso de la región: don Ismael Gómez Serrano.

Se casaron sin amarse, malqueriéndose. Y todo porque don Isidoro Mancipe, padre de Marco Aurelio, Vicepresidente del Directorio Conservador Municipal y segundo hombre más rico de aquella comarca, descubrió la relación sentimental y desbordada de su hijo Marco Aurelio con Chavita, la biznieta de su archirrival enemigo, y por demás furibundo liberal y hereje —como Marco Aurelio llamaba a los de esa colectividad—, don Teodoro Gutiérrez; cofundador de aquella bucólica y rica región agrícola y ganadera.

Los nacientes esposos, Idalia y Marco Aurelio, no se amaban entonces, y no lo harían jamás; pues, su relación se dio, no por esa subyugante, divina, espontánea y multicolor fuerza excitable que caracteriza el sentimiento de amor en los humanos, sino por el inconsulto y atrabiliario acuerdo que pactaron sus respectivos padres para intentar entrelazar a las dos más ricas familias, dominatrices de San Vicente de Sumapaz. Con tal inconsulto ardid aquellos acaudalados gamonales pretendían, a expensas de sus hijos, garantizar la continuidad, preservación y perpetuación de su prosapia en el poder político, económico y social de su municipio y región, con pensada proyección nacional.

Tal vez fue por eso que Idalia se negó, y Marco Aurelio no insistió, a intimar con su formal esposo durante los primeros seis años de matrimonio. Ni siquiera compartían el lecho nupcial. Incluso, y desde la noche de bodas, ella exigió dormir en cuartos distantes, aunque sí en la misma hacienda, El Porvenir. En consecuencia, al no consumarse el sagrado vínculo matrimonial, no había descendencia y sus respectivos padres, los caciques conservadores de San Vicente de Sumapaz, comenzaron a preocuparse. Entonces, cada uno de ellos llamó a su respectivo hijo para insistirle en la necesidad de preservar la especie y el "linaje" familiar. A Marco Aurelio su padre no solo le insistió, sino que lo conminó a hacerlo.

—Es usted, en últimas, quien tiene que llevar la dirección y el control de ese sagrado hogar, unido y bendecido por el Todopoderoso —le encaró don Isidoro.

Marco Aurelio, compelido por su progenitor, tenía que perpetuar el linaje, procrear su ralea; de lo contrario, sería desheredado y perdería, no solo sus comodidades materiales, sino su proyección política en el Directorio Conservador de San Vicente de Sumapaz. Además de la degradación de la que sería objeto, en relación con el manejo de sus bienes y, en consecuencia, tan solo recibiría el tratamiento y la paga de un simple peón. A cambio, le prometió su padre, que por cada nieto vivo que le diera, dentro del matrimonio, le escrituraría una propiedad, cada vez más valiosa, comenzando por la que le había dejado para que consolidara su matrimonio: el fructuoso latifundio que constituía, por ese entonces, la Hacienda El Porvenir.

Y las fuerzas del mercado comprobaron, una vez más, la hipótesis aquella de que *"Toda oferta crea su propia demanda"*; incluso en la industria familiar, en la "empresa matrimonial".

Ante tal panorama; y pese a su secreta, proscrita y solo por su padre conocida, relación sentimental con Chavita (pasión esta que contra viento y marea, contra iras, vehementes regaños, arteros atentados y perennes amenazas paternas, continuó por mucho tiempo); Marco Aurelio, con el consentimiento de ella, de su Chavita del alma y carne, quien nunca pudo, por caprichos biológicos, engendrar; le propuso un singular negocio a su esposa para que los dos, Idalia y Marco Aurelio, siguieran disfrutando de sus bienes materiales, de su respectiva posición social y política, y de su relativa estabilidad familiar.

El "negocio" era muy simple, le explicó Marco Aurelio a su consorte Idalia. Por cada hijo vivo que procrearan los dos, él, su esposo, le pagaría a Idalia, a su esposa, en efectivo, el veinte por ciento del valor de la propiedad que su padre le prometió escriturarle por tal "gestión" reproductiva. Ella aceptó de inmediato. Pero pidió aumentar el pago a un cincuenta por ciento por cada hijo. Monto que después de seis meses de puja, de regateo comercial, acordaron que sería del treinta y cinco por ciento por cada maternidad viva. Ese pacto mercantil garantizó el advenimiento de tres hijos varones y de dos mujeres durante los siguientes nueve años. Por tal convenio empresarial llegaron al mundo los Mancipe Gómez. Desde luego que Marco Aurelio puso algunas condiciones obvias en tan inusual como secreto y verbal contrato comercial. Una de ellas, que ella jamás tendría relaciones, que nunca intimaría con otro hombre que no fuera él.

Idalia aceptó de palabra y sin testigos, pero, a su vez, le hizo firmar un documento, que autenticó ante el personero municipal, donde Marco Aurelio renunciaba, desde ese momento y para siempre, a reclamar en una futura separación de bienes su respectiva parte de las propiedades que ella adquiriera en lo sucesivo. En consecuencia, y como contraprestación a lo exigido por escrito por Idalia, él le hizo prometer, de palabra de nuevo y sin testigos, que llegado el momento todo lo de ella se lo dejaría, se lo vendería, se lo transferiría, en exclusiva, a sus hijos, a los que tuvieran como producto de aquella alianza; pues él había recibido el legado, heredado el mismo sentir de su padre, en cuanto a lo de perpetuar la tenencia del poder integral en aquella prolija y montaraz región, en manos de su ralea.

Idalia se mantuvo firme en su promesa. Cumplió su palabra empeñada en cuanto a la fidelidad marital. Nunca se le vio coquetear, ni siquiera sonreír, con hombre alguno. No lo hacía ni con el mismo Marco Aurelio, con quien, para efectos de cumplir la pactada y pagada preñez, en las cinco oportunidades que ello se dio, y siempre por iniciativa, a solicitud y casi a ruego del contratante esposo, ella disponía el sitio, día y hora para la ejecución estipulada. Gestión que se llevaba a efecto con rapidez y sin el más mínimo femenino dejo de afecto, cariño y, menos, amor. Además, dicha fémina se negaba y rechazaba de forma categórica, altanera y brusca cualquier manifestación en ese sentido que pudiera llegar a ofrecer Marco Aurelio para no hacer tan árido aquel fugaz momento, le justificaba, inútilmente, a su esposa. La cópula, entonces, como suele suceder entre algunas bestias agrestes, era expedita, efectiva y desapacible.

¡Sí!, cumplió el pactado y muy bien remunerado compromiso comercial de su maternidad y fidelidad, hasta cuando, más de treinta años después, se hizo pública la impúdica aventura que desde los catorce años de edad mantenía Marco Aurelio con Chavita, la solterona del pueblo. Y fue precisamente Chavita quien divulgó el secreto. Después de casi cuatro décadas de clandestina relación, ella se cansó de la situación, quizá por la pérdida total del ímpetu varonil de su amante; o, tal vez, porque Marco Aurelio no le quiso escriturar la Hacienda El Porvenir, como se lo prometió desde cuando ella lo autorizó para que hiciera el contrato de maternidad con su esposa Idalia. O, tal vez, Chavita lo hizo porque le comenzó a escuchar, de manera reiterada, que él ya estaba cansado de todo, que había perdido su capacidad de desear, de amar y, por ende, de vivir. O, quizá, porque para entonces Marco Aurelio ya no era tan poderoso y temido en lo político, económico, social, ni mucho menos, en lo criminal, como sí que lo fue en los años cuarenta, cincuenta y sesenta. Sus contradictores, incluso sus hasta entonces supuestos y oportunistas aliados, y gran parte de la inerme y voluble comunidad, le perdieron el temor y, con ello, el respeto y la sometida obediencia. Sus adversarios comenzaron a tomarle inmensa ventaja en asuntos tan importantes y decisorios en donde él, y antes su padre, tuvieron una aberrante supremacía dictatorial.

Quizá fue por todo ello en conjunto, tal vez sin pensarlo siquiera, ¿o tal vez en represalia?, nunca se sabrá, que Chavita decidió dejar aflorar sus sentimientos reprimidos, haciendo público su añejo, enmohecido, subrepticio e improductivo romance. La delación de Chavita hizo que se desatara la incontenible, la represada y ahora arrasadora ira de la fatalidad en Idalia, quien de inmediato, con tan profunda e insanable herida; ofendida por el engaño, por la reiterada mentira, encontró la oportunidad precisa para proceder como lo había acariciado desde el primer momento que supo de su ineludible como indeseado destino de desposarse con Marco Aurelio: separarse, disolver aquella impuesta sociedad conyugal. En consecuencia, Idalia reclamó divorcio y separación de cuerpos, y salió de inmediato de El Porvenir, exigiendo legalmente la repartición de bienes de Marco Aurelio; pues los de ella estaban exentos de tal proceso jurídico, tal y como se leía en el manuscrito firmado y autenticado por su marido, ante la personería municipal, años atrás.

Ahora sí, viviendo sola y libre en una de sus imponentes casas ubicada en el casco urbano, Idalia no dudó tornar sus ojos y dejar que su corazón latiera inusualmente ante las candentes y seductoras miradas de Ernesto Torres; joven bien parecido, veintiocho años menor que ella, quien, aunque pobre, y contra todo pronóstico, era el titular de uno de los tres escaños que su controvertida y contestataria colectividad política, los comunistas, lograron en el Concejo Municipal de San Vicente de Sumapaz. Mozo este con quien, además, se fue a vivir Idalia un año después de la separación de cuerpos que hizo con Marco Aurelio. O mejor sería decir: mozo a quien Idalia llevó a vivir a sus propiedades, y a quien cuatro años después le escrituró, sin reserva alguna, todo lo suyo, todo lo comprado con el producto de sus contratos maternos; así como todo lo que le correspondió en el arreglo, en la concertación, resultado del juicio de separación de los bienes de Marco Aurelio; y, además, todo lo de su significativa herencia paterna. Y lo hizo, transferirle su riqueza al mayor enemigo político de los conservadores de San Vicente de Sumapaz, y por ende de Marco Aurelio Mancipe, quizá movida única y exclusivamente por aquel impulso de la contradicción, fraguado con el lenitivo y letal acíbar del femenino desquite.

Sabía cuál era para Marco Aurelio su punto, su coyuntura más débil. Lo tenía meridianamente claro. La máxima sensibilidad, donde debía atacar con eficacia, eficiencia y efectividad a Marco Aurelio era ahí: impidiendo, sin importar el costo, que la conservadora hegemonía Mancipe Gómez, encarnada ahora en sus hijos, a los que jamás quiso y solo consideró y trató como mercancías, se perpetuara en la tenencia del poder económico, político y social de toda aquella importante región nacional. Ella quería la destrucción, no solo moral, de Marco Aurelio Mancipe, sino, y en consecuencia con lo primero, lo intuía y deseaba con malsana vehemencia, de su integridad física; y de paso, aunque ya habían muerto, vengarse de su padre y de su suegro; pues ellos decidieron, arbitraria e inconsultamente, su destino cuando ella aún no tenía la forma para evitarlo.

Tal vez fue por aquellas razones; desde luego que apalancadas biológica y sentimentalmente por el agreste, reiterado y voluptuoso ímpetu sexual de Ernesto, su joven amante; que Idalia colocó todos sus bienes a nombre de este, contradiciendo de manera abierta y frontal, no solo a su consejero espiritual de toda la vida, el padre Alberto, sino rompiendo la promesa verbal hecha a Marco Aurelio y delegada desde sus respectivos progenitores, en el sentido de que todos los bienes materiales que los dos obtuvieran a lo largo de sus existencias, al final de su vida, tendrían que quedar para sus comunes hijos, con el propósito de darle continuidad a la conservadora hegemonía regional de la familia Mancipe Gómez.

Sin embargo, no era necesario que Idalia acudiera a tan extrema, riesgosa e insensata decisión. No era menester emprender tan aciaga industria que le allanó el camino hacia su extrema y lamentable pobreza. No se necesitaba que perseverara en su ilógico y vehemente empeño, cundido de insana rabia; pese a ser la infidelidad el dolor más agreste y desestabilizante que puede padecer un ser humano. No se requería de su irracional intento de horadar la piedra pómez para construir con ella la catedral de su desgracia, si de lo que se trataba era de impedir que los Mancipe Gómez se perpetuaran en el poder económico, político y social de aquella fértil región. Para ello no tenía que entregarle todos sus bienes a su sagaz, interesado, mañoso y lujurioso amante; quien tres años después de muerto Marco Aurelio, abandonó a Idalia y le desconoció por completo sus bienes y propiedades. Patrimonio este que, al estar formalmente a nombre de aquel gañán, lo vendió y se fue con una joven del pueblo vecino con quien mantenía relaciones desde antes de irse a vivir con Idalia. Ella, hasta el día de su muerte, llevó en su alma aquella frustración de magenta tonalidad, la cual, incluso, muy seguido, le propiciaba un intenso y físico dolor en todo su cuerpo; el mismo que le causó, años después, la congoja mortal que la condujo al recodo del adiós; además, en la total indigencia y olvido de sus pocos familiares y conocidos, los que aún le quedaban.

Ernesto Torres, con aquella inmensa y advenediza fortuna, la de Idalia Gómez, en compañía ahora de su bella como joven "compañera", respondió el llamado del comité nacional de su Partido y se marchó para la capital del país. Allá lideró, por espacio de cinco años y medio, una abierta oposición y crítica demagogia, no solo contra el Gobierno Nacional, sino contra las clases políticas, tradicionales, económicas y dominantes, con las que, al final, ya compartía, y muy a gusto, manteles y menajes. Ello, hasta cuando fue ultimado por unos sayones a sueldo a la salida de su oficina, en pleno centro de la capital. Aunque este se publicitó como un crimen político por su condición de dirigente del Partido La Unidad por la Patria (L.U.P.). Quedó, en consecuencia, gran parte de la gigantesca y conservadora fortuna Mancipe Gómez en las teñidas manos de Stella Santos Samper. De ella se rumoró, por mucho tiempo, ser la autora intelectual del homicidio de su "compañero"; sobre todo porque a los seis meses de la muerte de Ernesto, ella apoyó, con fuerza económica y política, la campaña para el Senado del dirigente liberal independiente doctor Ignacio López Turbacio, con quien, no solo se casó al año siguiente, sino que llevó a la casa presidencial como primera dama, casi dos décadas después.

Idalia sabía muy bien que hacer lo que hizo con sus propiedades era una insensatez; como se lo reiteraba, como se lo reprendía y hasta como se lo imploraba, no solo el padre Alberto Jiménez de Ávila, sino el mismo Marco Aurelio desde antes de su separación, pero, en especial, después de enterarse de los funestos y torpes planes de su exesposa.

Y era que todos en el pueblo comentaban sobre la insana intención de Idalia de escriturarle a Ernesto su atractiva hacienda. Pero ella, fiel a su empecinada concepción de venganza, más rápido lo hizo; pues a ultranza, y así se lo justificaba a sus pocas amigas, ella tenía que impedir que se cumpliera la voluntad y los planes de su padre y de su suegro, en el sentido de darle continuidad a la conservadora hegemonía de la familia Mancipe Gómez por conducto de sus hijos, los procreados por contrato con Marco Aurelio.

Ella, más que nadie, lo tenía ostensiblemente manifiesto. ¡Lo sabía! Lo había visto y contribuido para ello; además de escuchárselo a todos en el pueblo; que por mero sustrato genético ninguno de sus cinco hijos, los Mancipe Gómez, así como ninguno de los integrantes de su ya extensa y degradada ralea, eran los llamados, ni tenían la competencia para intentarlo, y menos para lograrlo. Sus cinco hijos; así como los siete de estos, al menos los conocidos, aunque ninguno reconocido; sin distingo alguno, ¡eran de mala prosapia! Ella se encargó y se aseguró, desde Roberto, el mayor, hasta Flavia Francisca, la menor, de que así fuera. Además, lo intuía. Sabía que la mortecina mezcla de aquellas dos vertientes de odio, ambición, traición, inequidad e insolidaridad; junto con esos intestinales deseos y ansias de aprovecharse de los demás, en especial de los más desvalidos; que corrían por sus venas y por las de Marco Aurelio —lo cual olió, vio, oyó, sintió, saboreó, comprendió y repudió desde su niñez, tanto en el seno de su familia como en el de su entorno marital y social— no produciría algo diferente a lo que comprobó con todos y con cada uno de sus, por contrato, procreados hijos, así como con sus jamás aceptados nietos, todos ilegítimos.

Idalia aseguró su perverso objetivo y verificó su ignominiosa e inmunda obra cuando crecieron las cinco infelices criaturas que accedió a procrear, por contrato, con su esposo. Infame manera de desquitarse de su padre y suegro, y a expensas de sus hijos, de aquellos que jamás saborearon de ella ni una gota de materna lactancia, a los que jamás alzó en sus brazos, a los que nunca miró ni dirigió la palabra, ni les permitió que la miraran o le hablaran, sino querían ser castigados con brutalidad. "Proeza" inspirada en la bajeza de su resentimiento, a costa de aquellos vástagos criados por al menos veintitrés jóvenes campesinas contratadas en el pueblo o en las veredas circunvecinas para que se encargaran del obligado y desecho rol maternal. Mujeres aquellas quienes, además de su absoluta ignorancia y analfabetismo, fueron déspotas y maltrataron a los críos, física, psíquica y espiritualmente. Inhumano trato este dado a los inermes, quizá, tal vez, en compensada respuesta al por ellas recibido de la patrona; para quien, todas ellas, eran menos que animales: ¡Cabras de monte!, ¡potras salvajes!, como las llamaba siempre, razón por la cual muy pocas duraron más de un año en tal coloca.

Roberto, el mayor de los Mancipe Gómez, fue el único de los cinco hermanos que le correspondió estudiar. Y lo hizo contra su voluntad, obligado, a la fuerza, por orden y capricho de su padre. La primaria la cursó en la Escuela Urbana Municipal de Varones de San Vicente de Sumapaz; el bachillerato, como interno en la Academia Militar Francisco Robledo Urdaneta Madariaga, en Funaganugá, capital de la provincia; y la carrera de abogacía en la conservadora Universidad San José Arcángel, en la capital. Dicha profesión también se la escogió e impuso Marco Aurelio, pues si Roberto no hubiera aceptado esa opción le hubiera tocado enrolarse, así fuera por las malas —le sentenció su padre— en la Escuela Mariscal de Cadetes José Patricio Mosquera. Allá él tenía buenos contactos con algunos oficiales de alta graduación, amigos y copartidarios suyos dentro de la Guardia Nacional, a quienes conoció y apoyó cuando tan solo tenían el grado de subtenientes, tenientes o capitanes, a lo sumo, no solo en la época de la violencia partidista, sino después, durante la instauración del Gran Acuerdo Nacional (G.A.N.). Oficiales con quienes, algunos de ellos, no solo conoció y apoyó, sino que trabajó en alianza estratégica para mantener a raya a los reductos liberales, al principio; a los bandidos y bandoleros, después; y, luego, con los que organizó los primeros grupos de campesinos armados para defender la seguridad y la integridad de los ricos y poderosos hacendados conservadores, en toda esa región; ante la muy poca capacidad oficial de entonces, justificaban, y hasta se legisló en ese sentido.

Roberto terminó la primaria, además de su corta y aún manejable edad, porque su padre le contrató una institutriz, muy estricta, brava y atrevida, traída de la capital, y a quien Marco Aurelio le encargó la difícil misión de hacer que su primogénito estudiara. Ya para el bachillerato, la institutriz no quiso seguir en tal labor, pese a la excelente remuneración ofrecida; pues según la ablandada, amedrentada, aterrada y ofendida mujer, ningún dinero compensaba la grosería y altanería del malcriado, insolente e iracundo señorcito Roberto, como lo llamaba. Entonces, Marco Aurelio no tuvo otra opción que llevarlo para el castrense internado en Funaganugá, si quería que el muchacho terminara la educación media, sobre todo cuando se enteró de que su primogénito ya estaba en capacidad de preservar la especie.

El primogénito de los Mancipe Gómez embarazó a la más joven sirvienta de la casa en el pueblo, quien dio a luz, desde luego sin ser reconocido como un Mancipe, a un robusto y aindiado crío. Este, tiempo después, comandaría durante cuarenta y tres años uno de los frentes rebeldes más sanguinarios en las montañas del país; frente de sediciosos que operaba y delinquía en las estribaciones de la Cordillera de Oriente, colindante con los mojones de al menos cinco departamentos, hasta cuando fue abatido por la aviación militar.

Como la universidad era en la capital, y el sistema educativo superior en el país, a diferencia del básico y del medio, proveía, en ese entonces, de inmensas e irresponsables libertades y autonomías a los educandos (bajo el pretexto de ser el alumno el cliente y no el producto del negocio educativo), Roberto, solo y sin el control inmediato de la autoridad paterna, tomó, paralelo a los estudios, la senda de tres terribles vicios: la bebida, los fármacos y el hurto menor (pequeñas causas). Sin embargo, al cumplir los treinta años se graduó de abogado; el mismo año cuando Idalia se enteró de la traición de su esposo con Chavita, y Roberto les prodigó un segundo nieto, pero esta vez con una compañera de clases, quien, una vez obtuvo un no rotundo al instar obtener apoyo y reconocimiento paterno, lo registró y bautizó tan solo con su apellido, el Peraza, y con el nombre de José Ignacio, "Don Chepe", quien veintiocho años después se convirtió en un temible capo del cartel de la capital, muerto a comienzos del siglo de la ignominia nacional por sus hombres de confianza y escoltas, a quienes compró antes y aniquiló después Emir Tadeo Botero, "Don Emiro", para quedarse con sus canales de distribución y sus clientes en Estados Unidos y Europa; pero, en especial, con los efectivos contactos que "Don Chepe" tenía y pagaba en innumerables empresas y entidades del Estado, tanto en aquel país como en el subcontinente, Norte América, Europa y Asia. Contactos que además le servían a José Ignacio Peraza de apoyo logístico, político, armado y, en especial, en lo legal.

Roberto Mancipe Gómez se graduó de doctor en Leyes, pero el pergamino profesional lo complementó con el de la beodez, los fármacos, y esa fea maña de enamorarse y quedarse con lo ajeno; pese a que no necesitaba de ello, pues la mesada paterna que recibía, sin falta, le permitía vivir muy bien. Asimismo, y según el decir del padre decano de la facultad en donde cursó la carrera y se graduó, aquel "muchacho" tenía una mente calenturienta en cuanto a lo político, pues durante su paso por las aulas en lo único que demostró interés y habilidad el hijo del más temido, poderoso e influyente gamonal y cacique de la región del Sumapaz, gestor "insigne" de los grupos de justicia privada de aquellas tierras, fue en Historia Universal de las Ideas Políticas y en Teoría del Estado. Asignaturas estas orientadas por el doctor Germán Villarte Lopera. Roberto Mancipe Gómez, sobre estos temas leyó, estudió, investigó, escribió, incluso logró publicar algunos controvertidos y contestatarios artículos y ensayos en la revista *Jurisprudencia, Sabiduría y Poder*, medio de expresión escrita de aquella conservadora y eclesiástica institución universitaria. Fue allí, en aquel rancio claustro, en donde Roberto Mancipe Gómez incubó y expuso las tesis que le generaron varias veces matricula condicional, amenazas contra su integridad física, llamadas de atención y furibundos contradictores y enemigos, laicos y no laicos, presbíteros y no presbíteros; así como un muy reservado prontuario en las Fuerzas de Seguridad del Estado. Instigaciones político jurídicas, todas, desde luego, conjuradas, calladas y resueltas, al final, a su favor, gracias a las permanentes injerencias políticas, pero sobre todo económicas, que sobre las directivas académicas de la universidad, y sobre algunas autoridades públicas, solían ejercer diversos empleados emisarios de la Dirección Conservadora, instada o solicitud de algunos influyentes como poderosos miembros de la colectividad, también con gran poder, tanto a nivel departamental como regional.

Con sus copiosos escritos, la mayoría inéditos y otros tantos refundidos en el zarzo de su habitación estudiantil, Roberto instó mostrar que después de la desidia, de la ignorancia política y del desapego patrio que carcomían a "la gran masa social amorfa", como la llamaba, la segunda causa generadora del atraso, de la pobreza y de la galopante, descarada e indomable corrupción en el país, era el lamentable imperio de la "Democracia Trunca". Y así lo dejó plasmado en los primeros y únicos artículos que le autorizaron publicar en la revista, antes de ser vetado, de manera sutil pero decisiva, por el señor y eclesiástico decano, director a su vez de dicho medio universitario de divulgación del "libre" pensamiento de la comunidad académica.

Según los estudios y las conclusiones a las que llegó Roberto, alentado por el discurso subliminal, la cátedra y las cáusticas lecturas dirigidas por el profesor Villarte Lopera, tal Democracia Trunca, a medias, solo favorecía a una poderosa y acérrima minoría económica —sus abuelos y progenitores estaban entre estos— que permitía, de manera manipulada y "voluntaria", la enajenada participación política del ciudadano común, en tanto se tratara de elegir, por voto directo, además de los legisladores, al Presidente de la República. La segunda parte de su teoría sobre la Democracia Trunca la escribió a hurtadillas y sus manuscritos los fue escondiendo en el entretejimiento del cuarto en el que habitó durante su época estudiantil. Pergaminos que años después desempolvaría uno de los trillizos Cifuentes. Roberto dejó allí consignado, según su concepción académica, que el Presidente de la República, una vez elegido por supuesto y, cuando no, gracias al controlado o amañado voto popular, escogía (bajo la presión de una multiplicidad de factores, como lo eran la politiquería, el clientelismo y otras tantas enquistadas aberraciones democráticas de entonces) a los principales directores y gobernantes de la Administración Pública Nacional; tuvieran o no los designados la competencia, el perfil o los mínimos requisitos para ello.

Sostuvo Roberto Mancipe Gómez que era una burla, una vergüenza y una afrenta monstruosa para la democracia, que a los asociados gobernados, (¡al constituyente primario!), no se les permitiera escoger, elegir, controlar, ni mucho menos, revocarles el mandato a los empleados de la rama Ejecutiva, a los administradores de la cosa pública; sobre todo cuando, como en muchos casos, actuaban con inveterada indelicadeza, descaro y mediática publicidad política comprada.

También, sostenía que detestable era que aquel sistema imperante no permitiera hacer lo propio con los administradores de la justicia, ni con los funcionarios de los órganos de control del Estado, ni mucho menos con las autoridades electorales. Sistema aquel amparado, sostenía Roberto, eso sí, con ribete legal, más no legítimo, con cuanta norma fuera necesario, preciso, expedir. Que por tan abominable deformidad democrática para la nominación de los funcionarios encargados del control, de los pesos y de los contrapesos estatales, insistía con vehemencia Mancipe hijo, hacía que tales funcionarios fuesen ajenos al interés y a la necesidad social general; lo que los hacía proclives a sus nominadores, y, además, a tener que serles por demás fieles a sus mandantes; es decir, a los detentadores del poder político y económico, de entonces, y no al constituyente primario, ¡fuente, teórica, de la soberanía nacional!, gritó con letras el primogénito de los Mancipe Gómez.

Ese modelo político, pensaba, y así lo escribió Roberto, en consecuencia, hacía que los pesos y los contrapesos de las instituciones públicas se supeditaran, se inclinaran, se dirigieran y solo trabajaran en beneficio de una poderosa, excluyente y extractiva minoría que por aquellos complejos y leoninos tiempos lo quería —y lo tuvo— todo solo para ella y nada le importaba dejar a la inmensa población excluida, sustraída, tanto de la productividad nacional, como del beneficio y del bienestar social general.

Más no era así cuando de pérdidas o de disminución de sus dividendos se trataba. En ese caso, las afectaciones patrimoniales privadas de tal reducto de poder sí se socializaban, presto, por acto legislativo, legislación o reglamento ejecutivo, sin ningún escatimo ni miramiento. Las pérdidas de aquellos sí les eran participadas de forma inmediata y retroactiva a los contribuyentes, sobre todo a los de menor capacidad adquisitiva, o sea a la empobrecida mayoría, vía impuestos, sobre todo los indirectos, así como mediante tarifas, tasas u otras obligaciones por el estilo. Impositiva carga que se mantenía, que se volvía recurrente con cualquier pretexto, una vez recuperado el patrimonio y las utilidades privadas.

Roberto escribió que el único beneficio que se redistribuía; y eso con mucho esfuerzo, dolor, dramatismo y hasta cinismo, exteriorizados mediáticamente, era esa ínfima (borona) parte de las hostigosas utilidades económicas empresariales, limosneada entre la clase trabajadora en perenne desmejora, mediante el embeleco del salario mínimo, de abismal déficit, pero con leyes y decretos soportado. Emolumento calculado y controlado para que le permitiera y garantizara a esa gigantesca, amorfa, analfabeta y mediáticamente alienada masa poblacional (escribió con efervescencia Roberto Mancipe Gómez) no fallecer ni disminuirse como fuerza productiva, y por ende subsistir y reproducirse para seguir engrandeciendo la economía nacional. Crecimiento específico y exclusivamente reflejado en los patrimonios de quienes en ese entonces detentaban el poder, y contradictorio y vergonzoso frente al agigantamiento de la brecha social y la pauperización de la gran masa nacional, subrayó Roberto en sus manuscritos.

Según algunos de sus inéditos artículos que le confiscaron en el campus universitario, Roberto Mancipe Gómez creía con firmeza que tal minoría, mediante ese poder económico y político; además, apalancada con el control y el manejo de los supeditados medios de comunicación, las fuerzas del orden, la Iglesia Católica, y, en algunas oportunidades, los Grupos de Justicia Privada, centraba su esfuerzo político principal en hacer que los ciudadanos "elegidos", tanto para la rama Ejecutiva como para la Legislativa, fueran de su absoluto manejo y control; y estuvieran siempre a sus órdenes mediante la injerencia directa del Ejecutivo Nacional, representante y súbdito leal de dicha minoría. Y ello, gracias a que en la práctica política del país la rama Ejecutiva nacional subyugaba a la Legislativa, y a quien fuera y como fuera menester hacerlo, ya con las mortíferas y sedantes herramientas del presupuesto, ya con las regalías, ya con burocracia, clientelismo, contratación oficial o coimas; y cuando era menester, con amañados y armados juicios penales, disciplinarios, administrativos y fiscales; y, llegado el caso, con desapariciones forzosas o atentados aleves.

En consecuencia, ese poder Ejecutivo se mostraba, y así era percibido y más que sentido por el ciudadano común, como una súper estructura estatal, con capacidad, incluso, de inferir y doblegarle, llegado el caso, la independencia judicial a los directivos del tercer poder; quienes, para ser tenidos en cuenta para su cooptada nominación; entre otros no formalizados ni mucho menos reglamentados requisitos y competencias; tenían que, de forma inexorable, militar en una colectividad política, con preferencia, las tradicionales, añejas y dominantes en el Congreso; y por ende, concordante con el Ejecutivo. *"Sistema de ignominiosa y lamentable repartición política, burocrática y clientelista, incoado desde el Gran Acuerdo Nacional, a mediados del siglo pasado"*, escribió el primogénito de los Mancipe Gómez.

Aquellas fueron, entre muchas otras, las ideas que en cuanto a la tridivisión del poder político y su contemporánea acepción, llevadas a la práctica en aquel país subcontinental, concibió y escribió Roberto Mancipe Gómez, aleccionado, de forma soterrada, por su perturbador y ladino profesor, el doctor Germán Villarte Lopera.

Y respecto a la designación de los altos funcionarios de los órganos de control fiscal y salvaguarda ciudadana, ¿qué concibió, y qué escribió el mayor de los Mancipe Gómez? Sostuvo que no encontraba lógica alguna para que los encargados de vigilar la gestión de los recursos públicos al interior de las entidades del Estado, así como la conducta de los respectivos servidores oficiales; responsabilidades estas de carácter técnico y gestión independiente, separadas de manejos y concepciones políticas, fueran nominados, nombrados, de manera directa o indirecta, por quienes iban a ser objeto de su evaluación, seguimiento, control y acción pertinente, una vez posesionados en sus cargos. Que, de esa ominosa forma, escribió con encono Roberto, se despedazaba y pre-compraba la independencia mental del evaluador.

Y fue muy crítico en sus escritos respecto al nombramiento de tales funcionarios. Tildaba de inaudita corruptela el hecho de que para tales nominaciones primara, no el saber ni la expertica, ni mucho menos la voluntad, ni la vocación de servicio público, ni los antecedentes éticos y morales de los nominados, sino su filiación, recomendación y "peso" político y electoral. Entronque partidista que tenía que ser concomitante, o al menos concordante, y nunca contrario, con las de sus postuladores y próximos funcionarios objeto de su rol y función pública.

Roberto llegó a escribir, más nunca se lo publicaron en la revista de la facultad, una propuesta, la cual, junto con otros manuscritos, también fueron confiscados por agentes de seguridad del Estado, días antes de graduarse. La redada sorpresa ordenada por las directivas académicas de la universidad se efectuó en las habitaciones del campus donde él vivía, leía, escribía y estudiaba. Sin embargo, los sabuesos no treparon hasta el zarzo donde quedó otro buen número de sus manuscritos. Entre estos, un complejo Modelo Democrático de Gestión Pública para el País (MDGP), base fundamental para la tesis doctoral en Italia, años más tarde, del presbítero decano, y soporte fraccionado en varios fundamentales conceptos para los aportes que le hicieron a la Constitución Política a finales de siglo, la centuria de la vergüenza nacional, algunos de los constituyentes; viejos compañeros suyos de clase, de aula, de habitaciones e, incluso, de juergas y orgías; amigos, unos pocos; contradictores, otros tantos; pero a los que les participó y con los que discutió su modelo, o que se quedaron con partes del botín del allanamiento.

Pero, nada de lo anterior le ocasionó a Roberto Mancipe Gómez tanta antipatía, animadversión, vedados ataques, molestias y afrentas por parte de los jerarcas de la universidad, del decano de la facultad; de algunos de sus compañeros, hijos de prestantes empresarios y autoridades públicas, asesores y contratistas del Estado; de algunos de sus maestros, entre estos varios magistrados, directores de entidades públicas, políticos, abogados litigantes, asesores y empleados de varios establecimientos oficiales; como lo hizo el haber parido y compartido un ideario ético-moral contra la corrupción oficial, y a partir de su incipiente concepción de que fallarle a la sociedad, a la patria, como funcionario, era el peor crimen que cualquier parroquiano podía cometer.

Roberto Mancipe sazonó una estrategia tan inadmisible como contundente contra la galopante y creciente descomposición administrativa y social que socavaba las finanzas y el presupuesto del Estado, y perpetuaba la miseria nacional.

Delineó en su Modelo Democrático de Gestión Pública para el País (MDGP) que para cualquier manifestación de corrupción al interior del Estado debía aplicárseles a sus autores materiales como intelectuales fuertes y ejemplares sanciones penales. Tenía muy claro, y así lo dejó plasmado, que *"al Estado se entra a servir, y no a ser servido o vanagloriado, ni a valerse de su investidura para acrecentar, o agrandarle a otro, su situación pecuniaria oególatra particular"*.

Propuso que aquella persona que buscara el beneficio personal, antes que el general o el bien común; que aquel individuo que instara apropiarse, usar para sí o para un tercero, el sagrado erario, los bienes oficiales o, más grave aún, el poder delegado del servicio civil del Estado, tendría que ser condenado y tratado como un criminal y aplicársele el mayor de los castigos posibles; más aún, cuando tal delito estuviera en cabeza de algún directivo de entidad y su irresponsabilidad, verificada, le hubiese causado grave daño al patrimonio público.

Sugirió establecer y castigar con pena capital y ejecución pública, a título de escarmiento, los más afrentosos como imperdonables, según su concepción, delitos contra la Administración Pública y el bien común de la sociedad. Tal pena sería para conductas como las que expuso en su escrito, además con gran vehemencia, por Auspicio Particular de Riqueza, una, y por Promoción o Patrocinio de la Pobreza Generalizada, la otra.

Así concibió Roberto Mancipe Gómez, en su febril época de estudiante, la Democracia, el Estado y la Administración Pública. Esto hizo que sus profesores, sus compañeros, el decano de la facultad y las directivas universitarias lo tildaran de posible amenaza contra el país, contra las autoridades legalmente constituidas, contra las buenas y sanas costumbres nacionales y, desde luego, contra el sistema económico, político y social de entonces. Por lo tanto, después de tres artículos publicados en la revista de la facultad fue vetado y no pudo volver a divulgar su pensamiento por ese medio. De igual manera, se le comunicó sobre ese particular sentir y expresar de Roberto Mancipe a la comunidad estudiantil, docente, académica y administrativa de esa y otras universidades de la misma estirpe, así como a las directivas nacionales, departamentales, regionales y municipales del Partido Conservador en donde Marco Aurelio Mancipe había logrado preponderancia por sus resultados políticos, económicos, pero, en especial, de "control" y mantenimiento patrimonial de las clases dirigentes en su región.

Tal "novedad" social y política del atípico delfín la conocieron también las autoridades del Estado, quienes catalogaron la situación como una amenaza potencial contra la seguridad nacional y, por lo tanto, procedieron a practicarle estrechos seguimientos y a tomar otras tantas medidas precautelares inherentes. Por esa razón, tales funcionarios, en varias oportunidades, montaron operativos para deshacerse del indeseable y revoltoso heredero. Sin embargo, la orden nunca obtuvo refrendación directiva, gracias, precisamente, al cautivo caudal electorero que atesoraba, y al papel que en ese entonces ya jugaba su padre, Marco Aurelio Mancipe, en el concierto político y económico del municipio de San Vicente de Sumapaz, en su respectiva región, en el departamento y, desde luego, en la órbita nacional.

Marco Aurelio Mancipe era cómplice consciente de las malas "concepciones" que tenía Roberto. Lo de la mente calenturienta de su hijo le fue notificado y ratificado no solo por parte del padre decano, las fuerzas de seguridad del Estado y algunos de los jefes conservadores, sino por las amenazas de algunos ultraderechistas cabecillas de los incipientes, pero ya temidos, Grupos de Justicia Privada; organizaciones que él, Marco Aurelio Mancipe, había contribuido para su gestación en varias zonas del país. Como aquella situación ponía en inminente riesgo la integridad física de su hijo, así como en entredicho su autoridad y feudo político, Marco Aurelio decidió, una vez Roberto se tituló de abogado, llevárselo para San Vicente de Sumapaz. Quería, de esa forma, además de ejercerle un tardío control en su "formación" como persona, lo que tampoco lograron ni en lo que insistieron sus docentes en el claustro universitario, protegerlo y encausarlo en la política tradicional, la suya, de tal suerte que se convirtiera en su "digno" sucesor.

Pero, Marco Aurelio no tuvo éxito en tal lid. Roberto, una vez en el pueblo, bajo la estricta e imperecedera coacción ideológica de su padre, se negó a ejercer su profesión. No volvió a investigar, ni a leer, ni a escribir, ni siquiera a opinar sobre política. Tampoco quiso trabajar en nada; además, no lo necesitaba, ni lo requería para vivir bien, pues todo lo tenía u obtenía en su casa, y de manera más que fácil, sin esfuerzo alguno, gracias a los remanentes, aún cuantiosos, de la fortuna paterna. Lo que sí hizo fue dedicarse a fondo a la alcabalera bebida, al consumo de sustancias narcóticas y, sobre todo, a robar lo ajeno; y no por necesidad.

Sin embargo, y en relación con esa última y fea maña, nadie, en absoluto, instó —al comienzo— oponerse, reclamarle o acusarlo ante las instancias respectivas. ¿La razón? Elemental. Las autoridades judiciales, las administrativas, las de gendarmería, las de la Guardia Nacional y las religiosas, además de las actividades políticas, económicas y comerciales, como casi todo en San Vicente de Sumapaz, eran dominadas y controladas con rigor y terror por Marco Aurelio Mancipe. Situación apalancada con la coerción armada y criminal que en toda la región ejercía Iván Alfredo, el cuarto de los Mancipe Gómez, sanguinario y respaldado Comandante del primer Grupo de Justicia Privada, con "jurisdicción" en aquella municipalidad.

Marco Aurelio Mancipe no iba a permitir que a su primogénito del alma alguien instara hacerle el más mínimo daño, regaño, reclamo o acusación formal. La alta frecuencia, casi diaria, de las fechorías del primogénito de los Mancipe Gómez contrastaba con el inocuo impacto de estas sobre las personas afectadas. Se trataba de robos menores, de "pequeñas causas", de baratijas. Sustraía, casi siempre, bagatelas, por lo que las personas, luego de año y medio de estar siendo víctimas de sus acciones, aprendieron a convivir, a consentir y hasta disfrutar y querer ser objeto de ello; pues al ser víctimas de tales abusos y desmanes, tenían la oportunidad perfecta para ir y contarle a don Marco Aurelio, quien a veces pagaba el daño causado, bien en forma económica, o casi siempre con alguna promesa, o con algún ofrecimiento de favor burocrático, con alguna recomendación política; aunque para entonces, no tan efectivas; o con alguna llamada a la ciudad capital para el ingreso de alguien a una universidad pública, a una escuela de formación castrense, diplomática y hasta eclesiástica, cuando la víctima era de sus más cercanos afectos políticos, económicos y sociales, o garantizándole al afectado, o a sus familiares, conocidos o amigos, su respaldo para su continuidad en el Directorio Político, o en el Partido, o en la administración municipal o departamental, o en el empleo aquel, en alguno de sus negocios, o en alguna de sus fincas o casas del pueblo.

Cuando nada de lo anterior era posible ofrecerles o darles, es decir, resarcirles a los afectados, por pertenecer al común de los moradores, estos encontraban de esta manera la esquiva oportunidad de ratificarle a don Marco Aurelio Mancipe que él podía seguir contando con su afecto, con su simpatía, con su favor y, desde luego, con su voto cuando a bien necesitara, y por el candidato que les indicara. Realmente les interesaba, precisaban, esos ignotos y atolondrados pobladores, que don Marco Aurelio oyera de su propia boca, que ellos no estaban entre sus indeseables contradictores, cada día más numerosos por aquellos lares; y con esto último, asegurarse de no llegar a ser incluidos en la temible y fatídica lista negra de sus indeseados enemigos, los cuales, tarde o temprano, eran desterrados o desplazados, unos, o muertos, otros tantos, a manos de Iván Alfredo.

Era a través de las fechorías del primogénito de los Mancipe Gómez la más fácil oportunidad de acercársele, de hablarle al aún temido gamonal del pueblo, para dejarle claro que ellos, los desvalidos habitantes municipales, estaban de su lado. Lo cual, por aquella época y lugar, era muy "saludable" y necesario para el común de las gentes, sobre todo las desposeídas, las inermes en lo económico, laboral, social y político, si de mantenerse empleado, o vivo, o por lo menos ileso, se trataba. La auspiciada pobreza, la gestada miseria que galopaba incesante al lomo de la ignorancia y la carencia absoluta que reinaban entre la inmensa mayoría de los habitantes de aquella hostigosamente rica región nacional, llegó a tal extremo que algunas mujeres, en particular campesinas, instaban a sus hijas para que se congraciaran con el señorcito don Roberto, buscando la "fortuna" de un embarazo; lo cual sucedió dos veces, al menos entre los que mayor rumor popular y difusión tuvieron.

Por tan absurda como tristemente "pintoresca" razón, la tercera, supuesta y, desde luego, negada hija de Roberto; quien creció con una deformación física en la cara causada por el provocado incendio del rancho donde fue concebida, donde nació y vivió toda su vida al lado de su paupérrima madre; obtuvo, desde cuando cumplió los dieciséis años, un soslayado, vedado y efectivo favor conmiserativo de todos los Alcaldes Municipales. Ella ocupó, por más de treinta y cinco años, el cargo público de barrendera municipal. Se rumoró toda la vida que el incendio, sofocado por una repentina y celestial lluvia que cayó en el sector, lo habría ordenado Iván Alfredo Mancipe, el cuarto contratado hijo entre Marco Aurelio e Idalia. Este siniestro personaje habría ordenado tan brutal acción al enterarse de que en el pueblo se decía que aquella criatura le era endilgada como hija a su hermano mayor, quien lo negó al ser cuestionado al respecto por Iván. ¡Sin duda!, Roberto le aseguró a Iván que se trataba de una falsedad, de una patraña; pues él, lo aseguró, no intimó jamás con aquella mujer.

Cecilia Rendón solo se quemó parte de su cara en aquel incendio del que se salvó gracias al celestial aguacero que cayó por casualidad en la zona; pero que, para la gente de la región, según sus creencias, había sido un prodigio divino. Por tal razón, toda la comunidad, incluso el mismo Iván Alfredo, le guardaban prudente distancia. Le tenían mucha prevención y recelo debido a la superstición reinante en la zona, en el sentido de que quien le hiciera daño se las tenía que ver directamente con el Todopoderoso. Los que la conocían y sabían su historia, buscaban eludirla, no encontrarse con ella, pero tampoco causarle ningún mal o contrariedad; pues todos, incluso aquellos de quienes más se pregonaba sobre su maldad, aquellos que solían ser los mayores perpetradores de los daños causados a la inmensa e inerme mayoría, aquellos adjetivados como los más deshumanizados y sanguinarios hombres de aquel montaraz terruño profesaban complejo y ambiguo temor ante una posible ira de Dios. Esa, quizá, era (y lo ha sido y será) su mayor vulnerabilidad.

En cuanto al cuarto, y desde luego también negado hijo de Roberto Mancipe, su campesina y joven madre, Rosa Estela Guzmán; quien quedó embarazada cinco meses antes de nacer Cecilia Rendón; al conocer lo que Iván Alfredo, hermano menor de Roberto, hizo para intentar borrar las fraternales evidencias de Cecilia, nunca señaló a paisano alguno como posible padre de su crío. Sin embargo, la caprichosa naturaleza se empeñó en aflorar la certidumbre paterna mediante el asombroso parecido físico que fue adquiriendo el infante y travieso Ernesto José Guzmán con el mayor de los Mancipe Gómez. Por esa razón, de forma subrepticia, Marco Aurelio, hasta un año antes de su muerte, le contribuyó a Rosa Estela para garantizar que su negado nieto sobreviviera y estudiara. Por ello, al cumplir aquel los diecisiete años, siguió carrera castrense como suboficial de Infantería Naval en la costa. Institución de la que, a los ocho años de servicio, fue retirado por mala conducta y de inmediato incorporado en la criminal organización de Mario Castañeda, como jefe de seguridad de uno de sus familiares.

Años después, y durante el primer Gobierno del doctor Uribia Morales, el suboficial retirado formó parte de aquel famoso grupo de Comandantes paramilitares que buscaban refundar el Estado y que meses después, durante ese mismo Gobierno, manifestaron que se desmovilizaban y entregaban sus armas dentro del Proceso de Entereza, Desagravio y Amistad Nacional que se les adelantó. Poco tiempo después, Ernesto

José Guzmán fue extraditado a los Estados Unidos y allá se convirtió, gracias a la formidable colaboración con la justicia de ese país, en testigo clave contra enemigos comunes a los dos Gobiernos, tanto en lo relacionado con narcotráfico y política, como con seguridad democrática subcontinental. Así logró, en compensación, que él y catorce de sus familiares más cercanos obtuvieran la visa estadounidense de protección permanente; incluidos dos de sus hijos, que se educaron en esa nación, y una vez graduados, volvieron al país, retornaron al trillo, encontrando el camino político marcado por su abuelo y bisabuelo.

Las manías de Roberto Mancipe Gómez, es decir, los robos a sus paisanos, continuaron, pero comenzaron a molestar, a fastidiar, y ahora sí seriamente, a la comunidad sumapaciente; en especial, después de muertos Marco Aurelio e Iván Alfredo. Luego de los decesos de su padre y hermano, Roberto tuvo que acudir a dichas mañas, pero con mayor énfasis, frecuencia y montos, y ya no por contradictorio vicio social. Le tocó hacerlo para subsistir ante la evidencia jurídica de las ventas "legales" que su padre efectuó de todas y de cada una de sus propiedades. Situación que lo dejó sin siquiera donde pasar una noche y, menos, de quien recibir un mísero bocado de comida, o, al menos, alguna económica e insignificante muda de ropa, como hasta entonces recibía, a granel, de manos paternales y fraternales.

Al fallecer Marco Aurelio e Iván Alfredo, el mayor de los Mancipe Gómez se mantuvo de la sustracción de lo ajeno hasta cuando fue linchado por los sumapacientes. Sus paisanos perdieron colectivamente la paciencia con Roberto, sobre todo al ya no tener quien revirara por él, como antes lo hacía su hermano Iván, o su propio padre. Antes de su linchamiento, Roberto acudió, al menos en diez oportunidades, a la sacristía que regentaba la austera Lucracia, una de sus dos hermanas menores, pero no obtuvo de ella ni siquiera un mendrugo de pan. Ella no iba a destinar el sacro dinero, los santos recursos de la comunidad entregados a su guarda para la alabanza de Dios, para impíos e inicuos desperdicios mundanos, le gritaba Lucracia cada vez que este iba y le suplicaba su ayuda a través de la portezuela de la entrada trasera de la casa cural por donde, después de mucho insistirle, accedía a verlo y a escucharlo; pero, eso sí, le advertía, por máximo tres minutos cada vez. También le fue negado de forma categórica el apoyo mendigado tanto a su hija Cecilia, la barrendera del pueblo, y, por ende, a la madre de ésta; así como a su propia ralea: madre, hermano y otros familiares; los que para esa época aún sobrevivían. Acudió a ellos ante el desespero que causa la inanición. Osó suplicarles un mendrugo de pan días antes del apedreamiento público del que fue víctima fatal, frente a la más grande de las casas del casco urbano de San Vicente de Sumapaz, la cual fue, por casi cuarenta años, de propiedad de su entonces poderoso y temido padre.

La segunda Redención Nacional la escribió María Victoria Cifuentes, por la misma época cuando lo hicieron sus dos hermanos: Joaquín y Roxana, mayor y menor; pero sin que ninguno de ellos supiera de los proyectos similares de los otros y, menos, el nombre común que le darían a sus teorías e hipótesis. Si bien es cierto que María Victoria escribió fundada en sus especializados estudios en Ciencia Política, Comportamiento Humano, Teoría del Conflicto y Sociología Cristiana, no hay que desconocer que también guiaron e influenciaron sus pensamientos y letras, tanto la voz que de niña Gilda Mencino le incrustó en su mente, allá en el albergue, al norte de la capital, así como la perpetua catequesis recibida de su padre putativo, el reverendo Alirio Cifuentes.

Fue su abuela Gilda Mencino la que le transfirió la Guarda Nacional, la misma que a su vez ella recibió de niña, a los siete años, por conducto de Zoila, la adivinadora de su infancia, la segunda instancia portadora de la Manda Salvadora Nacional.

María Victoria Cifuentes; quien muchos años después le transfirió la Manda Salvadora Nacional a la quinta y última portadora, la esposa de Rubén Mancipe, el hijo de Flavia Francisca, tuvo, además, otras inusuales y no menos importantes fuentes de información, y así lo referenció en sus escritos. Entre las más significativas están los artículos que Roberto Mancipe Gómez publicó en la revista "Jurisprudencia, Sabiduría y Poder", de la Facultad de Derecho de la misma universidad en donde, a su vez, años después, ella hizo su pregrado. Así mismo, se basó en unos manuscritos, también de Roberto Mancipe, que por mera casualidad encontró abandonados, escondidos, en el desván de su dormitorio universitario, el cual, por traviesa coincidencia de la vida, fue el mismo que tuvo asignado Roberto Mancipe Gómez en su época de estudiante. También contó con el material que el padre Alirio le suministró, es decir: los apuntes de Olegario Arturo Mencino con los que, junto con el mismo padre Alirio, armaron la matriz cabalística de trabajo; la copia de la escritura de El Salado y los dos manuscritos de Bernardo Mencino; es decir, el poema "La Gran Tristeza", de Julio Flórez, el que Bernardo copió para su amante e infante hija, Alcira Mencino; y el memorial que el mismo Bernardo le entregó a su mamá hermana Bermina, Mamá Mina, días antes de ser asesinado, en el cual confesó, no solo sus crímenes y sucias alianzas políticas, sino que describió y proyectó, con desafortunada certeza, el rumbo que, según él, tomaría —y que tomó— la sociedad de su hermoso y rico país.

El material Mencino le fue traspasado por el padre Alirio a María Victoria Cifuentes, hija biológica de Olegario Arturo Mencino, ya que Ignacio José Mencino (a quien en primer lugar se los había intentado entregar al pensar el padre Alirio que este era el elegido para contrarrestar la Triada Maldita, la Maldición del Tres, una vez muerto su padre Olegario Arturo) no mostró interés en el asunto y los dejó olvidados; es más, nunca volvió a reclamarlos, pese a las reiteradas llamadas que el padre Alirio le hizo para lo pertinente. Por tal motivo, el reverendo revisó, una vez más y de manera pormenorizada, el árbol genealógico Mencino y encontró que era ella, María Victoria Cifuentes, una de las encargadas de la Manda Salvadora Nacional. Y no la última.

Fue, entonces, a partir de sus especializados estudios, fuentes bibliográficas e influencias de Gilda Mencino y del padre Alirio, que María Victoria teorizó sobre lo que llamó: "La Cultura de la Voracidad Social Nacional y el Gran Desapego Patrio". Esto, fundado en el aberrante uso de la inteligencia del ser humano, y en especial, el de aquella, su nación, para depredar sin piedad alguna y menospreciar a sus congéneres, a sí mismo y a su ambiental y rico entorno natural. Degenerativa condición humana que se agrava en la medida que el individuo obtiene más, haciéndose irrefrenable su ansia, cada vez mayor, por desposeer al coterráneo de lo poco o nada que tenga, le quede o llegue a conseguir de nuevo; y a ofertarle, a prodigarle, al extranjero, sin reparo alguno, todo cuanto aquel quiera y como lo quiera, a cambio de míseras migajas, en comparación con lo que el foráneo se lleva.

María Victoria escribió las que para ella eran las causas de tal condición y a partir de las mismas propuso su hipótesis de Redención Nacional. Manifestó que el sistema social hacía que los seres humanos asumieran uno de dos roles: el de sumiso, propio de la colectiva mayoría. Este rol le permite, dijo, al individuo social su subsistencia, así sea precaria, sometida o nada significante, aunque jamás deja su latente naturaleza de sagaz; que es el otro rol, propio del que no está dispuesto a ser sumiso, tenga que hacer lo que tenga que hacer; incluso, aparentarlo ser, mientras él o los otros cambian las condiciones.

Que los nacionales, agregó María Victoria, ahogados en la inmensidad de sus poco conocidos recursos, poseían, todos, esas dos condiciones, acoplándose a la que hubiera que escoger, según las circunstancias de tiempo, modo y lugar; y ello, dadas, tanto por la misma y aleatoria ubicación geográfica tropical, como por la encrisnejada herencia histórica del país que sobre los hombros de los nacionales lastraba, propia de una cultura *sui géneris*: "La Voracidad Social Nacional y el Gran Desapego Patrio". Lo cual, pese a todo, "*es encausable hacía la Redención Nacional, desafortunadamente tras una serie de necesarias y cíclicas vicisitudes que todos afrontaremos*"; lo escribió y por tanto predijo, también, María Victoria.

Similar a como lo concibió Joaquín, su hermano mayor, desde la Física, la Astronomía y la Geología, María Victoria fundamentó su Redención Nacional en la construcción de una causa social de reedificación nacional entre los damnificados, que lo serían todos los sobrevivientes de las tres primeras vaticinadas vicisitudes nacionales. Posible de hacer con los pingües recursos naturales, económicos y sociales, que de aquellas calamidades quedaran expósitos y disponibles para el uso comunitario y humanístico; los cuales tendrían que ser administrados por un Gobierno regido por las leyes de la solidaridad, la moral y el compromiso patrio, y al servicio exclusivo del interés general del pueblo. El colectivo social, dijo, era la única herramienta viable para la reconstrucción de la sociedad nacional; que, de lograrlo, como lo preveía, era factible, garantizaría la edificación y la consolidación de la mayor potencia moral y material, hasta entonces no conocida por la humanidad.

La segunda preñez de Idalia Gómez Sanclemente, contratada por Marco Aurelio Mancipe, su esposo, "produjo" una niña: Lucracia. Esta, a diferencia de su hermano mayor; quien obtuvo atención y dedicación de su padre para que estudiara después de los siete años, solo fue tenida en cuenta por sus progenitores al momento de llegar al mundo como la "mercancía" para que su abuelo le escriturara a Marco Aurelio una segunda finca, no tan grande ni rica como El Porvenir; y por parte de Idalia, como la "factura", como "la cuenta de cobro" para obtener el pago de su esposo contratante por la segunda maternidad; correspondiente al treinta y cinco por ciento del valor de aquella otra heredada propiedad; es decir, el precio pactado dentro de las cláusulas del contrato. Y, eso sí, en estricto e inmediato efectivo.

Tras estas dos transacciones comerciales, padre y madre se olvidaron por completo de Lucracia. La dejaron al cuidado de, unas tras otras, contratadas, colocadas, agrestes e iletradas sirvientas campesinas. Mujeres aquellas que al igual que con sus otros hermanos, uno mayor y tres menores que Lucracia, le propiciaron muy mal trato y crianza. Por tal razón, el señor cura párroco del pueblo, el reverendo Aurelio Castelblanco, decidió, cuando la criatura cumplió cinco años, además de tener una muy buena y subliminal razón adicional para presionar el mejoramiento de los aportes voluntarios e independientes, tanto de Idalia como de Marco Aurelio, "adoptarla" como hija de la casa cural e impedir de paso que esa ilustre, bendita e inocente alma, fuera a coger por malos caminos, se fuera a descarriar.

Con el paso de los años y la ida y la llegada de nuevos sacerdotes al pueblo, Lucracia Mancipe Gómez se convirtió en el alma y cuerpo no solo de la casa, sino también del despacho parroquial, y de la misma iglesia. Lucracia dominó con gran pericia la logística doméstica, los oficios litúrgicos y, en particular, el recaudo y gasto de los sacros recursos económicos y financieros. Sobresalió, como nadie, en la ejecución efectiva y rápida de la "cartera eclesiástica morosa", en cuanto a cuotas voluntarias de los fieles. Su gestión acrecentó el recaudo y racionalizó al mínimo el gasto. Imperativa gestión de recaudo, la cual era, no muy santa. Instauró, para mejorar la efectividad en los "voluntarios" aportes de los fieles, cuotas fijas semanales por eucaristía, sin que fuera menester que la caritativa alma la llevara y la entregara durante el oficio religioso dominical. Dispuso visitas de apoyo, asesorías y coactivos cobros espirituales a domicilio, en particular para los ocho mayores contribuyentes del casco urbano, y siete más que vivían en la zona rural. Entre estos aportantes voluntarios estaban, desde luego, sus padres, por separado, y sus dos tíos maternos. Con su parentela, Lucracia fue muy exigente, dura e imperativa, cuando de impuestos donativos y de obligadas cuotas se trataba con destino a las arcas de la Santa Madre Iglesia de San Vicente de Sumapaz.

Se rumoraba por algunos pobladores, y hasta se atrevían a certificar otros tantos, que Lucracia jamás "conoció" a varón alguno, pese a los innumerables lances sexuales; refinados, perennes y directos, unos; románticos e indirectos, muchos; tanto de carácter eclesiástico como laicos, así como de varios mozos, solteros, casados, viudos y separados del pueblo que oteaban en la virgínea mujer; de lograr sus *"mieleros"* favores; una oportunidad, además de meramente humano placentera, no solo en lo económico, sino en lo eclesiástico, dada la cercanía y ascendencia de esta sobre el sacerdote de turno de aquella parroquia. ¡Sí!, desde su adolescencia, y tal vez desde mucho antes, todos los hombres en el pueblo la deseaban; a pesar de no ser muy agraciada, aunque tampoco podría decirse que fuera tan insulsa como para no incitar frágiles, humanos y varoniles ardores. Sin embargo, su segundo mayor atractivo se le atribuía a su infundada inmaculada feminidad, que hostigaba al género masculino a instar satisfacer con ella sus biológicas pasiones; más aún, al saberse que no solo era la hija desamparada de uno de los dos más odiados, aunque temidos, gamonales de San Vicente de Sumapaz, sino la hermana del tenebroso Iván Mancipe; quien nunca la quiso por odiosa, solía pregonar.

Pensaban sus pretendientes que ella era una niña, luego una adolescente, y después una mujer, sin quien la hiciera respetar o saliera a revirar por ella; por lo que entonces se le consideraba, por general equivocación, una presa débil, fácil, inerme. Pero, para la mala fortuna de sus innumerables e interesados acosadores, quizá por la dureza, crudeza y crueldad que soportó durante los primeros cinco años, antes de ser adoptada por la Iglesia, Lucracia acorazó, insensibilizó y emponzoñó su personalidad y concepción hacia los demás seres humanos, en especial hacia los hombres, encontrando y afilando de forma paulatina, con el rol que tuvo que comenzar a desempeñar al lado de los sacerdotes a los que le servía y apoyaba, el aguijón perfecto para eyacular la ponzoña que hervía, que se agitaba en sus venas. Lo cual no fue obstáculo para que el recién llegado, joven y muy bien parecido padre Alberto Rozo, reemplazo de su ya anciano párroco adoptante, traspasara sin mayor dificultad los canceles de su alma y sentimientos. Con él mantuvo una por demás secreta como tórrida relación íntima, cuyo fruto —aún más secreto, escondido y vedado que la misma relación— fue concebido y entregado en humanitaria custodia eclesiástica en el Seminario Central de Zapatón. Y fue allí donde aquel crío creció, estudió y se ordenó como sacerdote, rigiendo, años más tarde, en un poblado al norte de la capital, las finanzas de una importante corporación de ahorro y vivienda religiosa a la que desfalcó de forma multimillonaria; lo que hizo que sus superiores solicitaran a Roma prescindir de sus servicios e iniciarle el respectivo proceso de humana justicia, pese a lo cual, la sacra comunidad nunca recuperó lo extraviado.

El padre José Cancelado, que así lo bautizó la Iglesia, jamás se enteró de sus verdaderos orígenes biológicos; pues, para evitarlo, la alta jerarquía eclesiástica, al enterarse, comprender y perdonar la humana debilidad del padre Rozo, lo transfirió a una pequeña capilla en el sur de Italia, permitiéndosele a Lucracia, por sus valiosos e innegables aportes a la congregación, continuar con su sacra, efectiva y lucrativa labor. El padre Cancelado, al preguntar en algún ignoto día por sus padres, escuchó, entendió y así lo creyó toda su vida; hasta el día de su muerte a los setenta años, en la congregación campestre en la que fue recluido, la versión de haber sido dejado, tan pronto nació, en las puertas del Seminario Central de Zapatón.

Lucracia Mancipe Gómez solo cosechó, a lo largo de su vida clerical, una rara pasión: bañarse y ducharse con dinero, varias veces al día y, en especial, durante la santa misa, tras el sermón. Ejercicio que hacía cuando los fieles depositaban sus contribuciones y limosnas en los boquetes de los metálicos ductos estratégicamente ubicados, unos en las esquinas de las primeras, centrales y últimas bancas del templo; otro a los pies del venerado San Vicente, santo patrón del municipio; y en el último, sobre la losa de mármol, junto al púlpito, en el cual los acólitos, tras terminar la recolecta por las naves de la iglesia, debían depositar el santo recaudo, en presencia y visual control del señor párroco, quien en ese momento por lo general debía estar por iniciar la elevación. Cada uno de esos ocho orificios, todos, sin excepción, llegaban directo a un cuarto, llamado la alcancía, anexo a la sacristía, al lado de las habitaciones privadas del señor cura párroco.

Habitación aquella que desde cuando Lucracia cumplió diez años convirtió y adecuó como sus reservados e independientes aposentos. Esto implicó clausurar la entrada por la alcoba del señor cura y hacerle un baño privado y una puerta que daba al pasillo principal de la casa cural. Esa obra era necesaria hacerla para la tranquilidad de la feligresía, en particular de las beatas y laicos, que no dejaban de rumorar y calumniar en secreto por la proximidad de las dos habitaciones; le justificó Lucracia al ya anciano sacerdote quien la había adoptado y enseñado, pacientemente, a leer, escribir, sumar, restar, multiplicar y dividir, y quien murió seis años después de la división de las habitaciones.

Para ese entonces, por la época de la construcción de la habitación independiente de Lucracia, el sacerdote ya estaba muy anciano como para controlar los ingresos y los gastos, así como para administrar la logística eclesiástica. El sacerdote encontró en su joven y avispada discípula, la persona ideal para tales menesteres; los cuales, en lo sucesivo, y hasta muy anciana, ejecutó y controló con meridiana y pulcra gestión. Aun así, Lucracia Mancipe Gómez jamás se quedó con un solo peso de la feligresía. De todos los centavos que recibió y administró dio clara, transparente y oportuna cuenta. Nunca gastó, ni despilfarró, ni un cuarto de peso. Todos los egresos estaban en función del santo oficio, de las transferencias episcopales para Funaganugá, para la capital, y para Roma; siempre ajustados a los presupuestados y austeros gastos de la casa cural y al ejercicio sacerdotal. Por el contrario, como solían quejarse siempre al principio de su monasterio los recién llegados párrocos, luego se aclimataban a la severidad de Lucracia, era exageradamente estricta y honrada en los manejos económicos, pues se negaba a desembolsar, así fueran chichiguas, cuando ello, o no estaba presupuestado, o no contribuía, o se desviaba de la causa divina, o no había autorización formal y superior.

Lucracia Mancipe Gómez solo tenía esa humana, extraña e irrefrenable pasión: bañarse y ducharse con dinero. Las duchas se las daba con las monedas y los billetes de todas las denominaciones que depositaban los piadosos feligreses durante el servicio religioso, a través de aquellos orificios ubicados en varios sitios de la iglesia y que llegaban por distintos canales y boquetes en la pared y techo hasta su cuarto, donde ella, desnuda, los recibía sobre su humanidad. El placer que experimentaba comenzaba con el sonido que hacían las monedas y los billetes al deslizarse por entre el metálico tubo hasta que aparecían en su extremo inferior; momento a partir del cual caían con gran estrépito, las monedas con mayor fuerza, sobre su desnuda piel. En especial la cautivaba y la hacía estallar de incontenible júbilo y placer cuando el dinero la golpeaba y se deslizaba por su cara, senos, vientre, genitales y lívidas y huesudas extremidades. También solía tomar un baño con dinero, desnuda, todos los días, en especial antes de acostarse, en un arcón de peltre esmaltado, ya muy rayado por la fricción de las monedas y los billetes. En ese recipiente solía atesorar el producido de las colectas y limosnas. La satisfacción que de ese ritual obtenía era proporcional a la cantidad de dinero allí existente. Es decir, entre más llena estuviera la tina, mayor placer experimentaba. El éxtasis lo alcanzaba cada vez que el nivel de dinero superaba las tres cuartas partes de aquel recipiente y ella podía sumergirse por completo y restregarse, en especial con los billetes de cien pesos, los de mayor denominación, por todas sus féminas e íntimas partes.

Ese extravagante ritual y la forma de lograr su plena satisfacción sexual, constituyó la razón fundamental de Lucracia Mancipe Gómez para querer cada día aumentar el producido de las litúrgicas colectas y propiciar la austeridad en el gasto. Así lo entendieron varios párrocos que de alguna manera detectaron o descubrieron tales prácticas. Pero, como "eso" no disminuía las sacras finanzas, al contrario, al parecer contribuía con su aumento, todos aquellos santos hombres optaron, religiosamente, por no decirle nada, por no darle mayor importancia. Por el contrario, hasta se le autorizaba y auspiciaba el ejercicio de manera subrepticia. Incluso, así lo hizo el padre Samuel Ramírez, el último de los presbíteros con el que trabajó Lucracia. Clérigo que la vio morir, a los setenta y cinco años, tres meses y veintiún días de edad, víctima de una rara infección cutánea que ella no quiso dejar conocer y mucho menos tratar por persona ni médico alguno. No quería gastar el sacro producido en mundanas cosas, le justificó un día que el padre Samuel le insinuó para que visitara un médico. Ella misma instaba curarse las supurantes, y al final, malolientes llagas, con baños que se aplicaba con infusiones de hojas y flores de saúco blanco, antes de irse a dormir.

A tal infección no sobrevivió la última de las Mancipe Gómez, tal vez por la edad; como sí lo hizo en siete oportunidades cuando los sicarios contratados por el Iluminado Indio Guarerá intentaron eliminarla; y todo por insistir, incluso después del asesinato, por la misma razón que su hermana menor, Flavia Francisca. Las dos hermanas, Lucracia y Flavia, se enfrascaron en un inútil proceso de reposición por segunda instancia contra el fallo del juez que dictaminó que las ventas hechas por Marco Aurelio Mancipe, su padre, de sus respectivas propiedades, eran lícitas. A Lucracia la favoreció, en esas siete intentonas, que los contratados facinerosos, en ese entonces todavía le temían a la ira de Dios y respetaban su casa, es decir, la iglesia, hasta donde Lucracia, en cada una de esas oportunidades, alcanzó a llegar, entrar y refugiarse. Situación diferente para el caso de Flavia Francisca, la otra sobreviviente querellante, quien fue ultimada a tiros en la primera oportunidad, en una de las calles del municipio. Pese a esa otra nacional sangre derramada, los magistrados del Tribunal Administrativo del Departamento, gracias a los efectivos y jugosos entronques del doctor Germán Villarte Lopera, ratificaron el fallo; razón por la cual el Iluminado consideró que ya no era menester un octavo intento homicida contra la última sobreviviente de las Mancipe Gómez.

Como en sus dos anteriores contratados embarazos, para el tercero Idalia acudió al doctor Espinel, el médico del centro de salud de San Vicente de Sumapaz, para que le indicara el día y momento más propicios para cumplir las cláusulas del contrato de gestación con su marido y quedar embarazada en un solo intento. Ella no quería practicar el coital ejercicio contractual más de una vez en cada oportunidad. A Idalia solo la motivaba, solo le importaba el pago en efectivo que su consorte Marco Aurelio le hacía por cada nacimiento vivo que ella le daba, una vez el padre de aquel, su suegro, le escrituraba la respectiva propiedad, en recompensa por prodigarle mayor descendencia. Sin embargo, para esa tercera ocasión, las cuentas del galeno y el muestreo de temperatura vaginal no coincidieron, no funcionaron, ni en la primera, ni en la segunda, incluso, ni en la tercera ocasión, durante los seis meses que lo intentaron, desde luego con la asesoría cercana y científica del médico.

Por supuesto que el evidente malestar y mal humor de Idalia no se hicieron esperar, aunque ello no fue así para Marco Aurelio, quien en lo más recóndito y callado de su corazón y biológica naturaleza masculina experimentaba disfrute y alegría por el fracaso y, en consecuencia, por la repetición de la tentativa. Por tal motivo, una vez falló el tercer intento para el tercer embarazo, y pese a las médicas y justificativas razones, Idalia le adicionó al inicial contrato otra cláusula, en el sentido de que por cada intento fallido, fuera culpa de quien fuera: biológica suya, estadísticas o controles del médico, o propias de Marco Aurelio, las siguientes cópulas, con o sin éxito, tendrían, cada una, un costo adicional al precio pactado, por lo menos igual al veinticinco por ciento del anterior pago, a ser sufragado, en efectivo y de manera anticipada, por parte de su marido.

Con tan exuberante incremento en el coste variable por cada veloz relación reproductiva con su esposa, Marco Aurelio ultimó detalles al respecto con el doctor Espinel. De igual forma, acordó con su consorte incrementar en un diez por ciento el pago de los honorarios médicos, exigiéndole al galeno que, en las próximas oportunidades, ni él, ni mucho menos ella, estaban dispuestos a aceptar errores. Que tendrían que ser más que efectivas, acertadas, sus conclusiones, de tal suerte que por cada cópula, el doctor les tenía que garantizar un embarazo; de lo contrario, lo sentenció a su modo Marco Aurelio, que se fuera despidiendo, no solo de su clientela y trabajo de San Vicente de Sumapaz, sino la de toda aquella provincia; pues si fallaba, no podría volver a ejercer su profesión por aquellos lares; y, además, que no se le fuera a olvidar que él tenía una bonita familia que dependía de sus oficios.

Sí, aquel próspero negocio no iba a cerrarse, y ni siquiera a suspenderse, por nimiedades, en tanto la infraestructura industrial aún fuera productiva y el cliente estuviera dispuesto a pagar el precio "justo" por la mercancía pactada. Aquello era un asunto de negocios y la prioridad era la producción, a costas mínimas, para maximizar las ganancias de los propietarios.

Quizá fue la estrategia económica, es decir, el aumento del diez por ciento en los honorarios médicos que pagaban por partes iguales los consortes dentro de aquel enmarañado proceso contractual para la eficacia en la gestación, o la amenaza del desplazamiento del galeno y la seguridad de su familia, o tal vez las dos al unísono, lo que hizo que en lo sucesivo, con meridiana precisión y, desde luego, con más frecuentes y refinadas estadísticas de temperatura vaginal y exámenes de sangre, Idalia quedara embarazada en la primera oportunidad; en la primera, desapacible y fugaz cópula con su esposo.

Y, precisamente, dos años antes de que el párroco Aurelio Castelblanco adoptara a Lucracia, el contrato por gestación volvió a ser productivo. En el cuarto intento, para el tercer hijo de aquella pareja, fue concebido Libarelí Alcides Mancipe Gómez. "Mercancía" esta olvidada por sus fabricantes una vez don Isidoro Mancipe pagó su precio: le escrituró a Marco Aurelio la más grande y costosa, como comercial, casaquinta, ubicada en la esquina del parque principal del casco urbano. Frente a esa propiedad, años más tarde, fue apedreado y muerto Roberto Mancipe Gómez. Asimismo, Idalia recibió su treinta y cinco por ciento respectivo. E igual que cuando Lucracia, una vez asegurada la bolsa, la pareja se desentendió por completo del desventurado infante. Lo dejaron en las inexpertas, toscas y brutales manos de las muy seguido cambiadas e iletradas muchachas del servicio, colocadas a servidumbre y casi bajo esclavitud, allá, en El Porvenir. Mujeres estas compelidas a asumir, a encargarse de las paternales, maternales y abandonadas diligencias requeridas por la cría.

Libarelí Alcides fue el primero de los Mancipe Gómez en padecer por más largo y penoso lapso los rigores, la irresponsabilidad, el abandono, las consecuencias, las ignominiosas connotaciones de aquella perversa relación contractual de sus padres. El suyo fue un caso peor, vergonzoso y por demás diferente al de Roberto, su hermano mayor; pues Marco Aurelio, desde cuando su primogénito cumplió los siete años, se lo llevó para el pueblo y se lo entregó a Eduviges, la institutriz que contrató en la capital, quien aunque severa y seguido lo castigaba por todo, estuvo en forma directa y exclusiva al tanto suyo, pendiente de él, obligándolo a bañarse y a cambiarse a diario, a usar zapatos de material, a alimentarse bien, a estudiar, a comportarse en la mesa y en las reuniones, a hacer las tareas y demás requerimientos; hasta los catorce años, cuando por lo insoportable y voluntarioso su padre no tuvo otra opción que llevarlo al Internado Militar en Funaganugá, en donde, pese al extravagante rigor educativo, a los inauditos, injustificados y perpetuos castigos marciales, pero, en particular, a la difícil convivencia; de allí en adelante tuvo una mucho mejor adolescencia, en comparación a la de sus otros cuatro hermanos menores.

Suerte similar a la de Roberto, guardadas algunas proporciones, también la tuvo Lucracia, a quien el señor cura párroco adoptó a los cinco años y se encargó por completo de su crianza, enseñanza y manutención, liberándola de aquel suplicio ignominioso.

En cambio, para Libarelí Alcides Mancipe Gómez —quien sería, años más tarde, el incógnito Monstruo Antropófago del Sumapaz— no solo fueron cinco, ni siete, los años que tuvo que padecer los rigores, extremas exigencias, abusos, maltratos, groserías y ultrajes de sus múltiples, obligadas y por demás resentidas criadoras. Su tortuosa formación (deformación) se extendió, se prolongó durante su infancia, adolescencia y temprana madurez. De hecho, nunca fue a la escuela, no aprendió a leer, ni a escribir y, menos, nada relacionado con los números. Además, Idalia, su madre, lo ignoraba no le permitía acercársele, y menos que la viera a los ojos u osara dirigirle la palabra, pues, según argumentaba y pregonaba con inicuo deleite la tosca mujer aquella, esas infelices criaturas, sus hijos, la avergonzaban. Sentía… experimentaba pena por ellos cada vez que se acordaba de haberlos parido; o cuando por casualidad se los encontraba o los veía; o, peor aún, cuando algunos paisanos, con mala intención, aseguraba y renegaba Idalia, se los evocaban.

Pero, no solo fue su madre quien aportó para su retraída, compleja, astuta, intuitiva y criminal personalidad. Sus abuelos y, en especial, su padre, se le convirtieron en unos desconocidos, en unos lejanos y malos referentes; sobre todo porque Marco Aurelio ya casi no permanecía, ni iba por El Porvenir, atareado, ocupado en sus asuntos económicos, en sus negocios, en sus otras fincas, en sus obligaciones políticas y administrativas con el municipio, con el departamento, con el Directorio Conservador, desde luego, con la administración, y, sobre todo, con la operación y control del por demás violento y sanguinario Grupo de Justicia Privada del Sumapaz (G.J.P.S.) que él y su padre instauraron por aquellos lares. Engendro "justificado" al comienzo como una política gubernamental auspiciada desde la ciudad capital para hacerle frente a los grupos de insurgentes y delincuencia común que amenazaban el patrimonio de los terratenientes y hacendados, ante la precaria e insuficiente gestión del Estado para contrarrestarlos por la vía formal, legal, lícita. Sin embargo, una vez demostró aquel "grupo de justicia privada" su capacidad de gestión, Marco Aurelio, su suegro y su padre, en alianza política y económica con los otros poderosos de la región, encontraron en esas irregulares pero oficialmente patrocinadas, armadas y entrenadas fuerzas, un instrumento efectivo y certero para acrecentar el dominio y el atesoramiento de propiedades y riquezas, mediante la acción del desplazamiento forzado de los más débiles, de los que no tuvieron cómo oponerse o defenderse, fueran éstos contradictores o no, rivales o aliados, copartidarios o no, hermanos o no. Lo que les importaba, en ese entonces, a los poderosos de la región, eran las propiedades de aquellos; no sus ideas, ni sus sentimientos, mucho menos sus convicciones políticas, morales, afectivas o religiosas.

Todos estos roles, y otros similares, Marco Aurelio Mancipe los alternaba con las también cada vez más escasas, fugaces, íntimas e insatisfactorias visitas a Chavita, su amante de toda una vida. Por estas circunstancias adicionales, Libarelí Alcides casi nunca vio a su padre y solo escuchó, de boca de sus criadoras, las fantásticas como terribles historias que de él y de sus abuelos, las sirvientas se contaban entre sí. Historias estas, algunas muy cercanas a la cruda realidad; otras, con adicionadas expresiones de imaginación, irrealidad y odio popular. Sí, Libarelí solo veía a su padre, allá, en El Porvenir, cada cuatro o seis meses cuando el doctor Espinel le informaba que, según los análisis de los resultados de los exámenes de sangre, y las estadísticas, así como las tomas vaginales de temperatura hechas a Idalia, tal vez ese fin de semana ella iba a estar en condición de altísima probabilidad para la preñez, por lo que se le sugería su presencia en la finca para que cumpliera su semental y contratado deber. Libarelí conoció a su padre por las historias que les oyó a sus analfabetas y resentidas cuidanderas.

Las más comunes e incontrolables manías de Libarelí Alcides Mancipe Gómez, las que marcaron su vida, las más reiterativas, incubadas desde su solitaria y maltrecha niñez y adolescencia, fueron aquellas que nadie supo, aquellas de las que nadie se enteró; y aunque alguien se las hubiera descubierto en su niñez, a nadie le hubiera importado o hecho caso más allá de alguna mofa o apelativo caricaturesco, toda vez que en la ejecución de estas, en la mayoría de veces, las consecuencias eran inocuas, irrelevantes. Ya en su adultez, algunas de esas manías mutaron y se convirtieron, en particular tres de ellas, en conductas criminales. Pero Libarelí Alcides sabía, o por lo menos intuía, las consecuencias de llegar a ser descubierto; por lo cual, las practicaba con reserva, sagacidad y meticulosidad, de tal suerte que jamás se le relacionara con aquellos siniestros acontecimientos que de vez en cuando estremecían a San Vicente de Sumapaz, sin que nadie diera explicación de las causas, los motivos, como tampoco de su autor; aunque casi todos, así como lo intuían, también lo callaban. La necesidad social, el miedo, el terror y la insolidaridad reinantes, sellaban, por conveniencia, sus labios.

Las desalmadas e incontroladas criadoras de Liberalí Alcides, sobre todo hasta antes de que él cumpliera los ocho años, para liberarse de estar pendientes del crío, lo encerraban junto con los tucanes, las guacamayas y otras aves tropicales y exóticas, en alguna de las cinco inmensas jaulas que para cuidar a tales especies hizo construir, veinte años atrás, don Isidoro Mancipe, su abuelo, en las inmediaciones de la casaquinta. En consecuencia, ante tales prolongadas y diarias enjauladas, Libarelí Alcides aprendió, con gran pericia, a capturar de un solo y certero zarpazo de sus manos, moscas, zancudos, larvas, chizas, grillos e insectos similares; tras lo cual, por instinto, los llevaba a su boca y los engullía con avidez, tan presto como los cazaba. Llegó a tener tal éxito en esa faena, que cuando sus criadoras se acordaban de darle trasnochados, descompuestos e insulsos alimentos, el infante ya había satisfecho su apetito con las naturales, nutritivas, pequeñas y abundantes presas, atrapadas con sus famélicas pero veloces manos. Capturas que con el paso de los años aprendió a darles sabor y aderezo con silvestres bayas dulces, hierbas aromáticas, limón y cogollos de limoncillo. Y ello le sirvió durante toda su vida para casi nunca requerir, pedir y muy poco recibir, cotidianos cocimientos, propios de su especie. Se enseñó a no depender para su subsistencia alimentaria más que de lo que la frugal naturaleza del páramo del Sumapaz le prodigaba, casi todo en forma gratuita. Ya en su adolescencia, Libarelí Alcides probó la exquisitez del montaraz sabor de los huevos, la carne y la sangre; crudos y frescos; provenientes de lagartos, lombrices, culebras, gallinas, runchos, terneros y crías de pequeños mamíferos a los que también aprendió a cazar con refinada y certera precisión.

De igual manera, Libarelí Alcides descubrió, durante su adolescencia, lo inherente a ese atorrante y bestial desfogue sexual que alienta al reino animal. Y esto, debido a la eterna intrepidez de la mayoría de sus criadoras; tanto de las jóvenes, pero, en especial, de las adultas. Después de cumplir once años su cuerpo fue adquiriendo la montaraz esbeltez del macho joven, lo que lo hizo atractivo y vulnerable para su contraparte genética en su reducido entorno social: sus ariscas criadoras. Ellas no dudaron en saciarse con las mieles de su portentosa y joven masculinidad. Quizá, por tal razón —la de violar cada vez que se les antojaba al inerme hijo de sus desentendidos, desalmados, mala pagas y trúhanes patrones— aquellas domésticas, después de que Libarelí Alcides alcanzara la pubertad y se convirtiera en el inicuo objeto de su incontrolada lascivia, llegaron a durar más tiempo que las de antes, al servicio de Idalia Gómez. Una de ellas fue Araceli Munévar, quien le terminó de raptar su inocencia sexual. Fue la que con más brutalidad y agresividad lo violaba y ultrajaba, casi a diario, y quien lo obligó muchas veces a penetrar con sus genitales los de las marranas, las terneras y otras especies de hembras domésticas, mientras ella lo observaba riéndose con estridencia y burla... ¡Sí!, ella aguantó en esa coloca tres años y medio. Y era que aquel trabajo; además de su mísera, sufrida y retardada remuneración y, como si fuera poco, pagada casi siempre en especie con mezquinada comida, dormida en juncos en la enramada y, sobre todo, ropa vieja de la señora, se fue incrementando cada vez más con la llegada de otros críos, a los que también había que cuidar, pues el contrato entre Idalia y Marco Aurelio, con la asesoría médico-científica del doctor Espinel, gestó, después de Libarelí, dos nuevos "productos", dos nuevas "mercancías": Iván Alfredo y Flavia Francisca.

Que Libarelí Alcides se alimentara en secreto de bichos, yerbas y bayas silvestres, a nadie afectaba ni incomodaba, ni siquiera a él, para quien esa práctica era natural; además, era un asunto de mera supervivencia. El que después de su adolescencia comiera huevo y carne crudos, así como la sangre fresca de algunos pequeños animales muertos por su propia mano, también silvestres, mientras se mantuviera en secreto, tampoco afectaba a nadie. El asunto comenzó a intrigar, al principio, a preocupar después, y a inquietar al final, cuando comenzó a degollar terneras y crías hembras de ganado doméstico, acabadas de parir, y como no alcanzaba a comérselas en su totalidad, siempre dejaba gran cantidad de restos como macabra evidencia de los hechos. El pánico cundió en la población cuando, además de aparecer cercenadas y medio comidas, el veterinario confirmó que antes de su sacrificio, tales animales habían sido transgredidas sexualmente, según los rastros de semen humano hallados entre sus despojos. Después vino la primera víctima humana, de entre veintisiete niñas y adolescentes, en un lapso de veintiún años; hasta cuando Libarelí Alcides Mancipe Gómez se suicidó, llevándose su atroz secreto a la tumba, tras las muertes de su padre Marco Aurelio y la de su hermano protector, el temible Iván Alfredo, Comandante del bloque Sumapaz del Grupo de Justicia Privada.

La primera de las víctimas humanas de Libarelí Alcides fue una escolar de once años, hermana de Araceli, una de sus criadoras y violadoras. La joven inmolada fue emboscada en el Camino Real, a veinte kilómetros de El Porvenir, cuando se dirigía a estudiar a la escuela de la vereda vecina. Primero la violó de manera horrenda antes de degollarla, despellejarla y libar su aún tibia sangre. Después, como a sus víctimas irracionales, procedió a engullir sus partes más tiernas y jugosas, dejando expósito, a la vera del camino, lo que no alcanzó a tragar.

Para cuando acaeció lo de la primera víctima humana, Libarelí Alcides ya no vivía en El Porvenir, ni tampoco era abusado; ya no era el objeto de entretención sexual de sus criadoras. Cuando Libarelí cumplió los dieciséis años, su padre Marco Aurelio decidió llevárselo para su casa, en el pueblo. Allá le puso oficio. Al ser él la primera autoridad política y administrativa del pueblo, lo encargó de dirigir todas las festividades, ferias y eventos culturales oficiales, así como la educación y la enseñanza pública local. Es decir, Marco Aurelio nombró a Libarelí Alcides como Secretario de Educación y Cultura Municipal.

Desde luego que el señor Alcalde nunca se imaginó, como tampoco nunca supo, ni él ni nadie —o, tal vez, nadie quiso saber— que Libarelí Alcides Mancipe Gómez, su tercer hijo, era el demoníaco Monstruo Antropófago del Sumapaz, y que con aquel nepotista encargo en la administración pública local se avivaría a la fiera que dormitaba en su subconsciente.

Criatura que una vez iniciada en su criminal industria no pudo controlar, ni ser controlada, en especial cuando, por obvias y relacionadas circunstancias del oficio administrativo aquel, Libarelí conoció, probó y se volvió dependiente de la bebida, del trago, en particular de la alcabalera cerveza, su favorita, así como del aguardiente y el ron. Fermentados y anisados brebajes que lo depravaban cada vez que los consumía mezclados con Coca-Cola.

En sano juicio Libarelí Alcides era un hombre retraído, ensimismado, muy tímido, incapaz de entablar diálogo alguno, menos si se trataba de hacerlo con mujeres, a quienes, gracias a sus violadoras criadoras, temía y odiaba. Pero, su instinto de macho le hostigaba su enferma alma, sobre todo ahora que ya no era compelida víctima carnal de aquellas, y por ende no tenía cómo satisfacer ni desfogar sus salvajes instintos e impulsos sexuales que ardían y le quemaban su íntima humanidad.

En su oficio, Libarelí Alcides sabía lo que le correspondía, y lo hacía, aunque de forma empírica, muy bien y de manera cumplida; siempre y cuando se tratara de jolgorios; es decir, en tanto tuviera que organizar las numerosas ferias, fiestas y eventos municipales. Los asuntos relacionados con educación, cultura, profesores y similares, se los encargó a un maestro: al director de la escuela urbana, a quien contrató y pagó para ello. Con el paso de los meses, y ante los resultados eficaces de la gestión de su hijo, Marco Aurelio lo delegó para hacer lo mismo, pero en toda la región del Sumapaz y, cuando fue Gobernador, lo nombró Secretario Departamental de Educación y Cultura.

A Liberalí Alcides Mancipe Gómez nunca se le vio dirigirle, ni siquiera insinuarle, palabra a mujer alguna. Cuando era abordado por estas, las eludía de manera directa, brusca e inmediata. Su padre vivía muy preocupado por él, pues en el pueblo, y luego en varios municipios del departamento, se rumoraba y dudaba de su hombría y gusto por las féminas. Sin embargo, cuando Libarelí Alcides se embriagaba, antes de perder por completo los sentidos, solía suspender la bebida y desaparecía de forma sigilosa y fugaz. Por lo general, al siguiente día se sabía o se encontraba en las inmediaciones del sitio en el que se había embriagado, una nueva y macabra escena; casi siempre, o una ternera, o la cría de otro animal doméstico; y, al menos una vez cada año, la víctima era una jovencita. En cinco oportunidades lo hizo con niñas de siete a diez años. A todas las violó, les dio muerte, las despellejó, libó de su sangre y medio devoró sus partes blandas.

Las autoridades municipales y departamentales; todas controladas o influidas en lo administrativo, laboral y político (y cuando era menester: con el poder de las armas —oficiales y no oficiales—) por Marco Aurelio y sus copartidarios y aliados, nunca pasaron de "exhaustivas" averiguaciones preliminares en tan escabrosos crímenes; pues desde cuando Araceli, quizá a la espera de justicia por el homicidio de su hermana menor, le contó al Secretario del Juzgado Promiscuo Municipal que a ella le parecía que lo de las gallinas, terneras y marranas que aparecían violadas, degolladas y medio devoradas, podría tener algún nexo, vínculo, con las manías que ella le vio al señorcito Libarelí Alcides Mancipe Gómez cuando era su sirvienta; de inmediato el "descabellado" indicio fue descartado, cerrado, censurado, clausurado *"ipso facto"* y nunca nadie quiso ocuparse de hacer algún tipo de averiguación seria al respecto. Ni siquiera insinuación alguna se hacía cuando se descubrían los horrendos hechos y, menos aún, desde cuando Iván Alfredo, el furibundamente declarado protector de su hermano Libarelí, fue creciendo y ascendiendo en la estructura jerárquica del Grupo de Justicia Privada de Sumapaz, gracias a la eficacia de sus crueles acciones.

Iván Alfredo, al enterarse, tiempo después, del comentario que Araceli hizo de su hermano, le prodigó la más desalmada de las muertes, jamás por nadie imaginada. La lanzó, maniatada, junto con nueve de sus familiares, a un foso profundo, de imposible salida, y además plagado de serpientes constrictoras. Recinto construido y "dotado" por Iván Alfredo para desaparecer a ciertas víctimas de su despiadado actuar. El último en morir y ser engullido por las boas fue el tío de Araceli, cuatro días después de haber sido lanzado al foso.

El cuarto nacimiento, en la relación económica contractual entre los esposos Idalia y Marco Aurelio, fue el de Iván Alfredo. Alumbramiento que ocurrió al iniciarse, tras el aleve asesinato del más grande líder popular del Partido Liberal, allá, en la capital, a la mitad de la anterior centuria de social ignominia, una encarnizada, fratricida, prolongada, mutante y aún vigente, violencia nacional. Iván Alfredo, al igual que Libarelí, padeció los rigores de una infancia traumática como resultado de la desidia de sus progenitores y, en consecuencia, mala crianza de sus contratadas y maltratadoras criadoras.

Pero, a diferencia de sus tres hermanos mayores, Iván Alfredo, desde los siete años, se entusiasmó con las hazañas que de sus abuelos y padre contaban sus criadoras; en especial con aquellos temas que tenían que ver con violencia, masacres… y con los homicidios para sacar del camino político o económico a sus rivales o aliados no colaboradores, con expropiaciones injustas, con destierros, desplazamientos y posteriores arreglos judiciales y notariales para legalizar los predios a nombre de terceros que les servían y estaban siempre a disposición de su abuelo, o de su padre, o de su suegro, o de cualquier otro de los restantes seis gamonales que dominaban con terror y muerte aquella fructuosa región. Tales historias, contadas en presencia de los críos Mancipe Gómez, de manera malintencionada por aquellas criadas —todas ellas de una u otra manera víctimas de tal empobrecedora, generalizada y oficial violencia— gestarían en la inerme e infante mente de Iván Alfredo al más "grande" como habilidoso y deshumanizado delincuente de la historia patria de aquella rica región. Personaje este a quien Rómulo Torcuato Vinchira, el Iluminado Indio Guarerá, ordenó aniquilar por parte de un comando integrado por tres de los piadosos servidores, hijos de la Iglesia de Dios, quienes tan pronto llegaron a San Vicente de Sumapaz y comenzaron a ejecutar el refinado y estratégico plan Vinchira-Villarte, detectaron el riesgo que implicaba, para la operación, Iván Alfredo Mancipe, Comandante de una de las facciones del otrora tiempos poderoso como temible Grupo de Justicia Privada del Sumapaz.

Y esa fue la razón para que los encargados de aniquilarlo, desde cuando lo abordaron, lo trabajaron con especial, cercano y efectivo énfasis, allí donde era más vulnerable: la superstición, la inseguridad y el miedo a Dios y a la muerte. Y lo asesinaron la misma noche cuando su padre Marco Aurelio le firmó, en la capital, la escritura de compra-venta de El Porvenir al prometiente comprador Abelardo Ramírez. Los soterrados victimarios de Iván Alfredo aprovecharon, capitalizaron la confianza que les tenía, no solo porque le vaticinaban en su totalidad los eventos —creados, gestados y controlados por ellos mismos— que sucedían en el municipio; sino, también, porque le prodigaban, desde luego "gratis y sin interés alguno", protección divina y guía espiritual contra las innumerables amenazas que, le inculcaban, se cernían sobre su existencia.

Fue una muerte bárbara: lo ultimaron con arma corto punzante (ciento veintiuna cuchilladas), en su dormitorio, en donde tan solo fue descubierto ocho días después, debido a la hediondez que comenzó a invadir la casa, tras la descomposición. Del hecho se responsabilizó, según el rumor creado y difundido por parte de los piadosos servidores, hijos de la Iglesia de Dios y los medios de comunicación, desde luego, a un comando guerrillero que se habría infiltrado, años atrás, en su temible organización, con ese luctuoso fin.

La vida de Iván Alfredo, como la de todos los Mancipe Gómez, desde su infancia, pasando por la niñez, la adolescencia y su posterior adultez, fue difícil. Fragosa. Triste. Contradictoria y plagada de infrahumanas necesidades, pese a la rebosada riqueza natural de aquel latifundio conservador: El Porvenir. El mismo lugar en donde algunos muy importantes dirigentes políticos; al parecer rivales entre sí, incluidos, por supuesto, los Mancipe y los Gómez en representación de San Vicente de Sumapaz, otros de la capital y, Bernardo Mencino, terrateniente liberal ultra oficialista de Oroguaní, pequeña como rica municipalidad ubicada al centro occidente del departamento; acordaron una tregua política y una alianza para darle muerte al disidente caudillo liberal, de extracción humilde, aclamado por las masas y quien ganaría las siguientes elecciones presidenciales, con lo cual —según lo comentó Idalia años después con su joven amante, tal y como lo oyó en esa reunión— los dirigentes de las dos colectividades políticas mayoritarias del país, asesorados por agentes de seguridad tanto del Estado como de potencias extranjeras capitalistas, creían que los herejes comunistas accederían al poder y, en consecuencia, temían, sus gigantescas riquezas les serían arrebatadas y ellos serían muertos o desterrados de su amada patria.

Iván Alfredo Mancipe Gómez nació a los tres meses de haber sido asesinado en la capital aquel caudillo liberal, y como a sus hermanos mayores, tras el pago que su abuelo le hizo a su padre Marco Aurelio, y él a su vez a Idalia, fue dejado al cuidado de las criadas. Tales mujeres se alarmaron y protestaron, al principio, pues con cuidar a Roberto, a Lucracia y a Libarelí Alcides, ya era bastante, justificaron. Aunque aquellos infantes, en realidad, poco y nada les representaban de carga. Roberto se acostumbró, desde cuando comenzó a gatear y luego a caminar, a husmear en la alacena de la casa, en los cuartos de sus padres, de los peones y en el de la misma criadora suya, en busca de comida y golosinas que sustraía a hurtadillas y luego se escabullía hacia cualquier sitio recóndito para ingerirlos, instando no ser descubierto, caso en el cual era fustigado con el chachivenado que usaba para amarrarse los faldones la campesina que contrató Idalia para que se encargara de él y que tan solo le daba una ración de tetero al día y lo pellizcaba, abofeteaba y coscorroneaba si pedía más, o si lloraba, o si se quejaba.

Lucracia permanecía todo el día, ensimismada, atesorando granos secos de maíz con los que jugaba en el zarzo de la casa principal, destinando una mínima porción diaria de estos, los cuales molía y comía, por la misma razón que su hermano mayor. A ella también su criadora la alimentaba con solo tetero, elaborado con agua de panela, medio blanqueada con unas gotas de leche, y a razón de un pocillo chocolatero diario. Libarelí aprendió a entretenerse todo el día cazando moscas, grillos y cuanto bicho se pusiera al alcance de su famélica mano, en la jaula de los tucanes y guacamayas en donde lo encerraban desde las seis de la mañana hasta las siete u ocho de la noche cuando se acordaban sacarlo de allí… cuando se acordaban, ya que en reiteradas oportunidades le tocó hacer nido en algún rincón de la jaula, dado que a su criadora se le pasaba por alto, reiteradamente, sacarlo de allí para llevarlo al camastro en el que dormía con sus otros dos hermanos.

Sin embargo, con la por demás oportuna y "desinteresada" acción del señor cura párroco, el padre Aurelio Castelblanco, de llevarse para la sacristía a Lucracia al cumplir esta los cinco años de edad, las criadoras de los Mancipe Gómez volvieron a respirar tranquilas, pues una vez más el mal pagado trabajo volvía a ser algo llevadero, tratándose, de nuevo, de tan solo el cuidado de dos inermes guámbitos: Libarelí Alcides e Iván Alfredo; ya que Roberto, para entonces, vivía con su padre en el pueblo, donde tenía institutriz y era obligado a estudiar en la escuela.

Al cumplir los treinta y un años de edad, Idalia Gómez dio a luz, mediante complicada cesárea, a su última y sietemesina hija: Flavia Francisca. Y fue su último alumbramiento dentro de aquel ignominioso contrato de maternidad, por el riesgo y el peligro de muerte a los que estuvieron sometidas esa vez, ella y la criatura, producto contractual. Por esa razón, Idalia Gómez decidió dar por terminado, de forma unilateral, lo pactado con su marido, después de que el doctor Espinel le comunicó, tras la compleja y riesgosa intervención quirúrgica, que le sugería no volver a quedar embarazada; pues la probabilidad de muerte, en una próxima maternidad, era elevadísima. De igual forma, el galeno le comunicó que él no seguía, a partir de ese mismo día, ejerciendo la asesoría médica para la cual lo contrataron diez años atrás. Desde luego que Idalia, por más ambición que tuviera por acrecentar su ya abultada fortuna, de relativamente fácil obtención e ínfimo costo, no se iba a exponer más y así se lo hizo saber a Marco Aurelio tan pronto le canceló a Idalia el treinta y cinco por ciento, lo correspondiente al valor comercial de la casaquinta que su padre le escrituró a él en reconocimiento por el nacimiento de su quinta nieta.

Para que se encargara del cuido del conchito de sus contractuales y por demás bien pagas crías, los esposos

Mancipe Gómez decidieron colocar a una tercera criadora. Esa vez el encargo recayó en María Encarnación Santamaría, campesina de la región cuyos padres fueron asesinados en una arremetida de los Chunavitas, grupo armado que tiempo después mutó como Guardia Civil y a la que Marco Aurelio le dio el estatus formal de Grupo de Justicia Privada. A los Chunavitas los contrató el Directorio Conservador de San Vicente de Sumapaz para instar desterrar de aquellas tierras, a sangre y fuego, a los liberales, incluidos aquellos con los que ellos mismos, los conservadores, fraguaron en El Porvenir la eficaz estrategia magnicida para contrarrestar el arrollador avance nacional de la popular fuerza disidente liberal, con tendencias de izquierda, en cabeza del muy rápida y fácilmente "neutralizado" caudillo, según se lo contó Idalia a su mancebo, "el comunista".

María Encarnación era, además, madre soltera. Su hijo, Erasmo Santamaría, quien tenía cinco años de edad, se convirtió en el solícito niñero y compañero de infancia de Flavia Francisca. Desde entonces se entrabó entre los dos una granítica y perdurable unión que les permitió sobrellevar, sobrevivir, y hasta disfrutar, gracias a la inocencia propia de la infancia, la balumba de vicisitudes y carencias de aquellos primeros, difíciles y arteros años de sus marcadas vidas, propiciadas por las contradictorias e ignominiosas condiciones que imperaban, que les imponían, en aquel, el más productivo y rico latifundio del centro sur del departamento. Sin embargo, el inexorable como trémulo caminar del tiempo les fue dibujando, exacerbando e incidiendo en las formas de sus cuerpos y en los contornos de sus jóvenes almas, con el pincel de los ardores propios de la temprana adolescencia, conduciéndolos, llevándolos, de manera inexorable, hacia los recodos intrincados y tormentosos de la pasión humana. Sentimientos que, excepto para sus padres, no pasó inadvertido para las criadas, para los mozos de cuadra, para los empleados, para los administradores de la finca y, desde luego, para sus inmediatos hermanos. Ninguno de ellos veía con buenos ojos aquella situación y por ende instaron persuadirlos, castigarlos, impedirles que continuaran con aquello que a todos afectaba, o por lo menos los ponía en riesgo, de alguna manera.

En respuesta a la cohibición, y contra todo pronóstico, año y medio después de iniciarse aquella apasionada y catártica relación, al cumplir Flavia Francisca los trece años, se escapó de El Porvenir. Se fue con Erasmo. Se marcharon para la capital, por la misma fecha cuando Libarelí Alcides violó, asesinó y medio devoró a su primera humana e infantil víctima; hermana menor de Araceli Munévar; un año después de estar trabajando como Secretario de Educación y Cultura de Sumapaz, nombrado en ese cargo por su padre Marco Aurelio, designado por el Gobernador Departamental como Alcalde de esa municipalidad y cuyo acto inaugural de su infausto Gobierno local fue la creación y descarada como infame legalización del primer Grupo de Justicia Privada de Sumapaz, integrado con las huestes de los que antes eran llamados Chunavitas.

El mandatario municipal aprovechó la migración de la Guardia Civil Armada, antes Chunavitas; creada, organizada, armada y pagada años antes por su suegro, su padre y por otros tantos ricos hacendados de la región; con el abierto y descarado apoyo y el aval de algunos obscuros y oblicuos integrantes de la Guardia Nacional; y con el pretexto de darles la seguridad y la defensa a los patrimonios de las honorables y trabajadoras gentes de aquellos parajes, a las que por razones, bien de orden presupuestario, bien por situación geográfica, incluso, por aspectos políticos y estratégicos, el Estado no alcanzaba a ofrecerles oportuna y legalmente tales públicos servicios. Irregular y ahora oficializado grupo armado, que durante aquel año y los dos siguientes, contrario a lo motivado, justificado e informado para suavizar los efectos departamentales, nacionales e internacionales de su gestación, la emprendió de forma indiscriminada contra los liberales, contra los comunistas, contra los bandoleros amnistiados por el Gobierno Nacional, y contra todo aquel con ideas e intereses políticos y económicos contrarios a los de los gamonales gestores de ese cuerpo armado, así como contra los que tuvieran propiedades; incluso conservadores sin mayor prestigio, poder o respaldo que fueran de algún interés político o económico para los gestores y "patrones" del grupo aquel. Tal marejada desembocó en la primera masacre de campesinos, orquestada y ejecutada a sangre y fuego, con el inicuo y aberrante propósito de generar el primer desplazamiento forzado y masivo en ese sector. Esa subrepticia acción le facilitó a Marco Aurelio Mancipe hartarse, quedarse sin mayor inversión económica, con cinco de las mejores y más grandes como productivas propiedades de aquel terruño, así como con los negocios de comercialización de insumos agrícolas, de electrodomésticos, de granos y alimentos básicos en el casco urbano de San Vicente de Sumapaz.

El engendramiento, a mediados de ese año, de aquel primer Grupo de Justicia Privada en San Vicente de Sumapaz; sin límite alguno, con licencia oficial para delinquir en toda aquella área de influencia; lo motivaba, justificaba y defendía, con rabia, el nuevo Alcalde Municipal, don Marco Aurelio Mancipe, como una respuesta abierta, directa, a los asesinatos de su suegro, de su padre y del paladín de la justicia, el edecán de las buenas costumbres, los principios, la ética y la moral en Oroguaní —como lo llamaba histriónica y eufemísticamente— y, además, Director Departamental y Municipal del Partido Liberal, reputado don Bernardo Mencino. Homicidios todos estos acaecidos durante los tres primeros años de esa década. En el primero de estos, el suegro de Marco Aurelio fue secuestrado por la recentísima e incipiente guerrilla, que pese al pago multimillonario que su familia desembolsó para su liberación, no dudó en torturarlo, mutilarlo y matarlo de forma salvaje, y enterrarlo en ignota y jamás encontrada sepultura. Además, los insurgentes les enviaron a sus familiares los dos meñiques que le cercenaron, como mecanismo para compeler el pronto y completo pago del rescate. El segundo, el de su padre, quien murió mientras se batía a tiros y a machete con un reducto del mismo grupo rebelde que lo iba a plagiar con similares propósitos; y el tercero, el de Bernardo Mencino, asesinado en su propia finca, La Guasimalera, allá, en Oroguaní, por el bandolero Tinta Negra; según la prensa nacional de entonces: *"Magnicidio perpetuado por los sediciosos para imponer y fortalecer en el centro occidente del departamento su violento reinado de extorsión mediante el miedo, el terror, la muerte y el recalcitrante odio contra los nacionales; en especial, contra aquellos que tengan cualquier tipo de patrimonio"*. Artículo inserto en el primer diario de circulación nacional de la época; según algunos coterráneos y copartidarios de Bernardo: pagado por su concubina, quien lo habría mandado a matar para quedarse con toda su hacienda.

Y, era ese oficializado engendro de su distante pero en secreto admirado y referencial padre, aunado con todas las historias que de él y de sus abuelos, desde niño, escuchó de forma magnificada, distorsionada y malintencionada de boca de sus criadoras y demás sirvientes de El Porvenir, lo que motivaba a Iván Alfredo Mancipe Gómez a encauzar su vida hacia tales fines, con tan funesto, pero para él exquisito derrotero; a la persiga de tan excitantes como riesgosos objetivos. Por ello, cuando su padre subió a la finca, cuatro meses después para enterarse de los pormenores de la huida de Flavia Francisca, su hija menor, Iván Alfredo lo enfrentó y le hizo saber su férrea e indeclinable decisión de enfilarse en las huestes del Grupo de Justicia Privada que él, Marco Aurelio, su padre, comandaba, y cuyo centro de entrenamiento y adiestramiento de nuevos integrantes, dos meses antes, se había acantonado en las estribaciones del páramo, en las inmediaciones de El Porvenir. Lugar hasta donde Iván Alfredo ya iba a diario a observar las prácticas, al principio, y en la última semana, a participar en ellas, tras solicitarle al Capitán Vergara, por conducto del Sargento segundo Viracachá quien lo asistía en la instrucción de los reclutas, que se lo permitiera. Marco Aurelio no tuvo argumento, como tampoco mayor voluntad, ni menos interés, para hacer desistir a su hijo de su intención. Por el contrario, después de darle su asentimiento, en silencio, se refociló por la actitud y la vocación de su hijo; y de inmediato le diagramó su futuro: su hijo Iván Alfredo Mancipe Gómez sería en el Sumapaz la cabeza del brazo armado de su colectividad política. ¡Sí!, ¿quién mejor que alguien que portara su propia sangre para defender los intereses y la perpetuación del poder de la familia en tan ubérrima y tropical región?

Bastaron, entonces, tan solo tres meses más de entrenamiento para que Iván Alfredo demostrara su formidable capacidad física, pero, sobre todo, mental, para tan funesto oficio. Ya para finales de ese año —y tras la emboscada de la que fue objeto Marco Aurelio por parte de un supuesto grupo de delincuencia organizada para, al parecer, secuestrarlo y cobrarle un cuantioso rescate— Iván Alfredo; a quien algunos le adjudicaron la autoría intelectual de ese hecho para demostrarle a su padre sus capacidades y alcances, se auto denominó y usurpó el cargo de segundo al mando, después de su padre, dentro del Grupo de Justicia Privada del Sumapaz. De inmediato desencadenó la más feroz limpieza social en la región, ajusticiando sin término de juicio ni explicación alguna al menos a treinta y siete personas; entre ellos, algunos delincuentes, guerrilleros, bandoleros y cuatreros; conocidos, unos, presuntos, la mayoría. Todos, al parecer, enemigos del Estado y participantes intelectuales y materiales en la tentativa de secuestro de la que fue víctima su padre Marco Aurelio, justificaba con vehemencia y febril actitud el joven Mancipe Gómez.

Por esas mismas fechas aparecieron la segunda y tercera víctimas humanas de su hermano Libarelí Alcides y se conocieron las primeras noticias sobre el paradero, o al menos la situación, de Flavia Francisca en la capital. De ella se supo que fue adoptada, junto con Erasmo, por un grupo *hippie* que solía hacer presencia en los parques de la Carrera Real con calle 60, Los Enamorados y el Nacional, donde practicaban, no solo el pacifismo y el inconformismo hacia las estructuras sociales de la época, sino la filosofía por el amor libre; es decir, relaciones sexuales con todos los miembros del grupo, consumo de cáñamo índico, despreocupación por la vida y el gusto por el *rock*.

Seguro de que su hijo Iván Alfredo Mancipe Gómez tenía en la mente y llevaba en sus genes la semilla para hacer germinar y cosechar los objetivos familiares, políticos, económicos y sociales que él, a su vez, heredó de su padre y por los que trabajaba con ardor, Marco Aurelio Mancipe pudo, sin dejar de comandar aquel grupo criminal, al menos de manera nominal; dedicarse de lleno a la administración municipal, a la siga de los réditos que tal actividad le generaría, en especial en lo político y, en particular, en lo económico. Fue así como logró apropiarse, muy pronto y desde luego que con la eficaz como demencial acción armada de su hijo, del treinta y ocho por ciento de las mejores tierras, las más fértiles, que aún no estaban a su nombre. Para esto, Iván Alfredo no tuvo ningún inconveniente en ejecutar a otras veinticinco reticentes personas; incluidas algunas de filiación conservadora, que se negaron a desplazarse, "a irse por las buenas" y sin oponer resistencia de San Vicente de Sumapaz, como lo hicieron de inmediato otras catorce familias. Sobre todo después de que Araceli Munévar y los suyos, tras la aparición de la cuarta víctima humana del Monstruo Antropófago del Páramo, fue lanzada al foso de las constrictoras por haberle insinuado al Secretario del Juzgado Promiscuo Municipal lo de Libarelí Alcides. Insinuación que despertó, que desató, aún más, la furia del averno, encarnada en la persona de Iván Alfredo.

Y fue tal insinuación hecha por Araceli lo que hizo que Iván promulgara, *vox pópuli*, su aterradora sentencia, tras aquel horrendo ajusticiamiento, en el sentido de que todo aquel que insinuara o hiciera algo en contra de la familia Mancipe Gómez, en especial en contra de su hermano Libarelí Alcides, de quien él se declaraba a partir de ese momento su acérrimo protector, correría igual o peor suerte que la de aquellos desgraciados, embusteros, terroristas, bandoleros, criminales y facinerosos, los Munévar; enemigos de la pacificación, del progreso y de la seguridad democrática en aquella región; que era, en última instancia, lo aseveraba con firmeza y encono, lo que sin ningún otro tipo de interés pretendían la actual alcaldía, el Partido del Gobierno Municipal y, por supuesto, el Grupo de Justicia Privada de San Vicente de Sumapaz, bajo su mano firme y henchido corazón.

A la sombra de aquel avasallador, dictatorial, incontenible y asolador Gobierno; bendecidos y protegidos tanto por la iglesia de ese municipio, así como por algunos obtusos y oblicuos integrantes de las fuerzas constitucionales y no constitucionales del orden, la seguridad y la defensa, acantonadas en aquellas ubérrimas tierras, habitadas por amedrentados, inermes, temerosos, católicos y poco instruidos campesinos; otros cinco gamonales de allí terminaron apoderándose del noventa y ocho punto cinco por ciento de los negocios y propiedades cultivables, productivas y rentables; no solo en San Vicente de Sumapaz, sino que extendieron sus acciones depredadoras, y con ello sus dominios, hacia gran parte del centro sur del departamento.

Esto les dio a los Mancipe Gómez y a los otros cinco gamonales gran poder económico y representación política en toda aquella región; razón por la cual el jefe de aquel tercer Gobierno dentro de El Gran Acuerdo Nacional, en reconocimiento por la alta votación, aunque conservadora, que de allí obtuvo, producto del silenciado como letal accionar coactivo, alevoso y armado que sobre el electorado impuso Iván Alfredo, nombró a uno de aquellos, a don Patricio Sanmiguel, como Gobernador Departamental y este, desde luego, reeligió a Marco Aurelio Mancipe como Alcalde de San Vicente de Sumapaz; por la misma época cuando, en menos de cuatro meses, Libarelí Alcides; empoderado por su padre en el cargo de Secretario de Educación y Cultura, y apalancada su conducta por su temido hermano menor, violó, ejecutó y medio devoró a tres nuevas jóvenes, una de ellas de tan solo ocho años de edad; por la misma fecha cuando Iván Alfredo le anunció a su padre y a todos los restantes integrantes políticos y económicos del acrecentado, temido, criminal y armado Grupo de Justicia Privada, que a partir del primero de enero del siguiente año él sería su máximo

Comandante, ya no solo con jurisdicción en San Vicente de Sumapaz, sino que abarcaría, en la inminente etapa, el centro y el sur del departamento, hacia donde extendería, con el aval político y económico de ellos y de los gobiernos municipales, departamentales y nacional respectivos, su armado y privado servicio de seguridad democrática, en procura de defender los bienes y la honra de los habitantes buenos, como él lo interpretaba.

Al respecto, Iván Alfredo concebía que solo aquellos que acataran sus órdenes, que pensaran y actuaran como su padre y los otros cinco gamonales adeptos a su causa y, por supuesto, que estuvieran de forma incondicional con ellos, eran los buenos; además, porque solo estos contaban con el apoyo y la bendición del señor cura párroco. Los demás, los que se atrevieran a hacerlo en forma disímil, de inmediato serían (y lo fueron) considerados y en consecuencia tratados y ejecutados como personas peligrosas, contradictoras y enemigas del régimen. Es decir, estos últimos, para Iván Alfredo, eran los malos... ¡una amenaza para el país! Un riesgo, a erradicar de inmediato, para el Estado. Ni siquiera se permitía el humor político en contrario en el municipio, pues el que lo intentaba, de inmediato era ejecutado, sin contemplaciones de ninguna índole.

Iván Alfredo fue por demás claro en su inapelable decisión comunicada a los gestores del Grupo de Justicia Privada de San Vicente de Sumapaz. Les anunció que, a partir de entonces, él, de manera directa, haría la guerra sin cuartel, el trabajo sucio contra los enemigos y los obstáculos para refundar la patria y encauzar los designios nacionales. Que mientras tanto ellos, los gestores del grupo, se tenían que dedicar a perfeccionar su oficio administrativo, legislativo, judicial y político, tanto en el municipio como en la Asamblea, en la Gobernación y en la Cámara de Representantes. Corporaciones públicas aquellas a las cuales habían sido, gracias a su imperativo e inexorable accionar "electoral", elegidos unos y nombrados los demás. Que no olvidaran, les reiteró Iván Alfredo Mancipe Gómez, el propósito fundamental por el cual luchaban: aumentar día a día su influencia, dominios y propiedades, hasta conquistar, someter y poner a su total servicio y disposición, mediante la caterva de normas y mecanismos que fueran necesarios expedir, a las desposeídas y mayoritarias clases sociales del país.

Ese fragmentario y difuso discurso se lo había escuchado Iván Alfredo a una de sus criadoras; eso sí, iletrada y pletórica de ignorancia política, pero con una admirable locuacidad, quien varias veces manifestó delante suyo, siendo él muy niño, haberle oído decir cosas así a su asesinado abuelo paterno, a don Isidoro Mancipe. Solía decir aquella mujer que, según don Isidoro, solo unos pocos debían y podrían ser los amos y señores del país; ya que la inmensa mayoría de miserables gentes, los pobres, no tenían, ni merecían, ni mucho menos se les debía dar otra alternativa diferente a ser siempre los paupérrimos servidores de aquellos, y de manera más que sometida, callada y explotada; y de ser necesario, ante muy posibles y hasta comunes rebeldías de algunos desadaptados del sistema, mediante el uso, así fuera desproporcionado, de la fuerza, emanada esta del indiscutible poder supremo del Estado. Que la natural casta elegida para gobernar y vivir muy bien, según la voluntad de Dios y el poder de las armas, siempre era, necesaria e inexorablemente, minoritaria como superior; es decir, de la mejor prosapia, correspondiente a familias de alcurnia; como lo eran, en San Vicente de Sumapaz, de forma exclusiva, por voluntad divina y cuestiones biológicas, por supuesto: los Mancipe y los Gómez, así como los Serrano, los Indalecio, los Buenahora y los Sanmiguel. Precisamente los gestores del primer Grupo de Justicia Privada de toda aquella vasta región nacional, descendientes de algunos de los fundadores de aquel terruño enquistado en un costado de la agreste como prolija Cordillera de Oriente.

Pero, aquel muchacho, quien acababa de cumplir los dieciocho años de edad, no tuvo que esperar hasta el primero de enero del año siguiente para asumir por completo el mando militar del "oficializado" Grupo de Justicia Privada de San Vicente de Sumapaz; como se lo había comunicado a sus gestores. Los insurgentes, y en especial uno de sus más aguerridos como feroces y ambiciosos frentes revolucionarios, también tenían, además de planes expansionistas, voraz deseo de poder, concomitante con los ingentes apoyos nacionales e internacionales de orden económico y militar que percibían y se avizoraba que seguirían llegando como resultado de sus imperecederas escaladas "antiimperialistas". Además, aquella zona, área de influencia y control de Iván Alfredo Mancipe Gómez, poseía gran valor geoestratégico para los rebeldes, y no solo por ser un corredor natural entre el oriente y el centro de la nación, ni por la cercanía con la capital, sino por su escarpada geografía que ofrece un por demás atractivo y muy seguro, intrincado e inaccesible fortín para el rural y solapado accionar insurgente, en las mismas goteras de la capital.

Antes de finalizar ese año, milicianos de ese otro amebiano y creciente flagelo nacional instaron cumplir la orden impartida por los cabecillas nacionales, en el sentido de secuestrar a cada uno de los seis hombres con mayor influencia y poder económico y político en aquella agrícola y rica región; empezando por Marco Aurelio, su principal objetivo militar, quien era el único de los seis que hacía presencia con mayor frecuencia en la zona, en razón a su oficio de Alcalde. El itinerario guerrillero para los hombres a plagiar era, primero, hacerles un juicio revolucionario en nombre del explotado pueblo, paralelo a la exigencia de un pago millonario como rescate, y una vez obtenido el botín, se les tenía que ejecutar, pues la sentencia estaba dada con anticipación: ¡culpables!

A Marco Aurelio Mancipe era a quien, además, la iletrada y rural insurgencia operativa (los rebeldes rasos) le tenía particular interés, pues la mayoría de aquellos cuadros —los letrados, ideólogos, gestores, jefes, y finalmente beneficiarios de la violencia nacional, se camuflaban y repartían botines y festines económicos, así como agasajos y cargos políticos, entre la más rancia, encopetada y prestigiosa sociedad capitalina de entonces— eran oriundos de esa y otras circunvecinas localidades, y no solo acariciaban obtener el monto del posible rescate que compartirían con los ignotos jefes capitalinos, sino que ansiaban cobrarle a su paisano, con su propia mano, todas las vejaciones causadas por él a los coterráneos desde cuando se convirtió en uno de los sumapacientes más odiados, dada su rapacidad, insaciable voracidad, además de ser el gestor principal del armado y criminal Grupo de Justicia Privada de Sumapaz; el cual, para esa fecha, enarbolaba un prontuario de al menos doscientas treinta y cinco víctimas conocidas, lugareñas casi todas.

Durante ese segundo semestre Marco Aurelio fue víctima de tres intentos de emboscada, de las cuales, en las tres oportunidades, el burgomaestre salió ileso gracias al esquema de seguridad prestado de forma conjunta y combinada por la Gendarmería, la Guardia Nacional y tres escuadras del Grupo de Justicia Privada. Esquema reforzado al doble después del primer intento, lo que le obligó, por consejo de su jefe de escoltas, de máxima confianza de Iván Alfredo, a dejar de exponerse en campos abiertos y, desde luego, a limitar su presencia en espacios públicos y, por ende, lo conminó a enclaustrarse en el casco urbano. Tal situación exigió que Iván Alfredo asumiera, el veintitrés de octubre de ese año, el control pleno del Grupo de Justicia Privada. Una vez con la abundancia del engolosinador poder que mana a borbotones de las armas y del temor de los inermes, lo cual, inevitable, infecta, contagia el control y la circunspección, inició una feroz persecución contra los posibles pobladores que pudieran estar comprometidos en los atentados contra su padre.

Aquella feroz arremetida arrojó al menos treinta y dos muertos en tan solo cinco meses, casi todos reconocidos habitantes de esa jurisdicción, en especial: liberales, comunistas y campesinos. A estos se les ejecutó por mera sospecha, con tan solo un señalamiento, un decir o un rumor de alguien. Dicha estrategia fue más que efectiva por la cantidad de conjeturas que hubo, ante la significativa recompensa económica ofrecida por el Ejecutivo Municipal por cada delación positiva que se hiciera, viniera de donde viniera. Pero, a ninguna de esas treinta y dos víctimas se les comprobó autoría intelectual ni mucho menos material en tales eventos, como tampoco colaboración directa o indirecta con los sublevados. Sin embargo, tan solo por haber sido señalados por los pagados informantes de la red que para tales efectos dispuso la alcaldía, aunado con ser liberal, maestro sindicalizado, comunista o anónimo e inerme campesino, fue suficiente indicio grave para ser considerado como posible, o por lo menos, potencial colaborador o informante de la guerrilla... o, tal vez, quizá, como justificó en varias ocasiones Iván Alfredo antes de dar la orden de captura, tortura y ejecución de la víctima de turno: *"Bien por su presunta acción; bien por su presunta omisión. Uno nunca sabe sobre la escondida culpabilidad, pasada, presente o futura de esas quisquillosas y desagradecidas gentes. A la maleza no hay que dejarla crecer; hay que cortarla antes de que se enmarañe y reviente púas".*

A todos los así señalados u objetos de tales rumores, se les capturó, se les llevó a la Hacienda El Porvenir, se les encerró y ató en las rehabilitadas y reforzadas jaulas de los, para entonces, extintos tucanes, guacamayas y otras especies de tropicales y exóticas aves que otrora tiempos compró don Ismael. Una vez allí, inermes, indefensos y atolondrados por el miedo de la inminente muerte, se les torturó de forma horrenda hasta dejarlos morir, a la mayoría, o fueron ejecutados, los pocos que resistieron la atroz arremetida e infrahumanos métodos del interrogatorio. Al final, todos fueron cercenados y lanzadas sus partes al río de la Paz, avizorándose y encontrándose algunos de sus mortales despojos días después, la mayoría a la altura de Boquerones, otros en el recodo de la Faz del Diablo o bajo el puente, a la altura de Melgas, y el resto, por pescadores y ribereños a lo largo del sedimentado río Magdala, el río de la patria.

Durante el siguiente año, Marco Aurelio y los otros cinco gestores del Grupo de Justicia Privada de San Vicente de Sumapaz apoyaron e instaron, aún más, a Iván Alfredo para que ampliara la cobertura de su delincuencial accionar. Con tal armado apalancamiento, aquellos empresarios del mal no escatimaron en esfuerzos ni en atrocidades para apoderarse de las propiedades que los desplazados o muertos iban dejando. En consecuencia, crecieron, de forma desmesurada, sus dominios inmobiliarios y negocios por el sur del departamento; incluso, en al menos otros tres departamentos circunvecinos. Hartazgo que duró, en su fase incipiente, hasta cuando el veintitrés de noviembre de ese mismo año fue plagiado uno de ellos por parte de la guerrilla. Don Patricio Sanmiguel, Gobernador Departamental, fue secuestrado en una distante vereda del municipio de Máqueza. Quince días después, y ante la reiterada negativa de su familia para pagar el rescate; pese a los envíos hechos por los comandos insurgentes de los meñiques de sus manos, de su oreja izquierda y de su pie derecho; fue ejecutado y enterrado en desconocido y jamás descubierto osario, ante la arremetida y el cerco de la Guardia Nacional y de la Gendarmería Departamental para dar con su paradero.

En reemplazo del inmolado caudillo, el veintidós de diciembre de esa misma vigencia fiscal, el Presidente de la República nombró como Gobernador a don Marco Aurelio Mancipe. Para tomar posesión de su cargo, el iletrado gamonal sanvicentino se trasladó para la capital; sede, además, del Gobierno Departamental, por razones prácticas y funcionales, pero, en particular, por seguridad. Lo hizo después de Año Nuevo, con su gabinete municipal, incluido su hijo Libarelí Alcides, a quien, desde luego, nombró como Secretario de Educación y Cultura Departamental.

Libarelí, para despedirse de su tierra natal, en la víspera de su partida, celebró su ascenso en la nepotista administración pública departamental, de ese entonces, con el depravante cóctel que solía ordenar que le prepararan; es decir, con aquella mezcla de cerveza, su favorita, aguardiente, ron y Coca-Cola y, entonces, una vez a punto de perder por completo el control por el efecto de los alcoholes fraguados, se retiró de la cantina del pueblo y cometió su octavo infanticidio, en las mismas goteras del casco urbano, a treinta metros, allá, detrás de la iglesia. Incluso, algunas beatas alcanzaron a escuchar los gritos de la infeliz víctima. Rezanderas que optaron por hacer caso omiso de los quejidos y pedidos de auxilios, al evocar la historia de las constrictoras que acabaron con los Munévar.

Marco Aurelio y Libarelí asumieron sus cargos y se refundieron en la atorrante y burocrática vida administrativa del departamento, con sede principal en la ciudad capital. Allí tuvieron que aprender, entender, aceptar y practicar las intrincadas redes y estrategias que implicaba, en ese agreste entonces, el rapaz clientelismo oficial, los vituperables acuerdos y las imperecederas rivalidades partidistas; ya no por tan solo cuarenta y cinco cargos de por medio para repartir y negociar; como lo hacían e imponían a su voluntad, por la fuerza y el poder de las armas del Grupo de Justicia Privada, en San Vicente de Sumapaz; sino por más de doce mil trescientas plazas y cargos públicos departamentales, y cerca de cinco mil contratos por prestación de servicios (oficializada nómina paralela); con el respectivo multimillonario presupuesto para gastos de funcionamiento e inversión. Recursos públicos distribuidos de manera milimétrica entre diputados, representantes, senadores y otras autoridades oficiales de nivel nacional y departamental; guardando y respetando, de una parte, la proporcionalidad por partidos políticos inherentes al número respectivo de electores por circunscripción; así como los feudos y los territorios vedados, reservados para algunos anónimos, otros ampliamente conocidos y temidos, varones y señores de la Administración Pública de aquella época.

Por tal razón, quizá, fueron muy pocas las oportunidades que tuvieron, padre e hijo, para visitar seguido su terruño; por lo que el Grupo de Justicia Privada quedó, con mayor razón, a discreción de Iván Alfredo, quien no dudó en poner en ejecución las sugerencias de su padre, ahora con el poder que le otorgaba la gobernación departamental, de diversificar su "portafolio de servicios" y ampliar a nivel departamental, y luego nacional, aquella efectiva política de justicia, defensa y seguridad de los bienes y patrimonios de sus ahora legalizados detentadores; como se lo había enfatizado Marco Aurelio, su progenitor.

Y, así lo hizo, más aún cuando su padre Marco Aurelio fue víctima de otra intentona de secuestro por parte de la guerrilla al norte del departamento, tres meses después de tomar posesión del cargo de Gobernador. Tentativa neutralizada, desde luego, a tiempo por el reforzado esquema mixto de seguridad; es decir, por los agentes de Seguridad Nacional, la Guardia Nacional y las tres escuadras del Grupo de Justicia Privada que Iván le dispuso desde el mismo momento que se supo del nombramiento hecho por el Presidente. Motivado por ello, Iván Alfredo no dudó en comenzar diálogos y negociaciones con hacendados, ganaderos, gamonales, líderes políticos y comerciantes de varias importantes municipalidades; tanto de su departamento como de otras jurisdicciones políticas regionales. Para tal efecto, se convocaron y realizaron, durante el siguiente año, cinco reuniones secretas en diferentes localidades y departamentos.

Durante el último encuentro se finiquitó y firmó con la sangre de cada uno de los pactantes, allá, en Boquerones, en la finca Nuquía, unos metros después de pasar por la Faz del Diablo; aquel documento que los firmantes solían llamar "El Pacto de la Faz del Diablo". A esas reuniones asistieron; además de cuatro Gobernadores y veinticuatro Alcaldes; algunos insignes representantes a la Cámara y otras tantas autoridades administrativas, castrenses, de gendarmería, judiciales, legislativas, de todo nivel y orden; así como prominentes y ricas personalidades de la vida económica regional y nacional. Todos y cada uno de ellos suscribieron y firmaron, sin dilación ni objeción alguna; tal vez por miedo, algunos; por obediencia política, aquellos; curiosos, otros; y, convencidos de lo que hacían, la mayoría; el acuerdo titulado "Compromiso por la Dignidad y la Defensa de los Nacionales de Bien".

Escrito hecho efectivo mediante la reproducción del modelo Mancipe de San Vicente de Sumapaz, materializado en veintiún grupos iniciales de justicia privada. Allí se estableció que a partir de ese día se creaba un núcleo de coordinación y control armado, el cual quedaba bajo la responsabilidad directa de Iván Alfredo Mancipe Gómez. También se definió que los veintiún grupos inaugurales serían ubicados en cabeceras municipales capitales de ocho departamentos, y que para su patrocinio y consolidación, además de haberse comprometido por escrito los jefes del poder Ejecutivo asistentes —es decir, los Gobernadores y sus Alcaldes subalternos— en el sentido de "distraer" recursos públicos y canalizar contratos para apoyar presupuestalmente el proyecto; la iniciativa y el apoyo económico privado tenían que ser, como lo fue al principio, por demás significativo, prolijo y desprendido.

Y aquel obtuso e innoble proyecto obtuvo tal apoyo y respaldo, quizá por lo expuesto y argumentado por Marco Aurelio Mancipe. Les justificó a los gestores del contubernio que el país se estaba descuadernando socialmente, tal y como se observaba con las crecientes, injustificadas, beligerantes e ilegales protestas y movilizaciones populares de los estudiantiles, los indígenas y los campesinos; así como por las huelgas obreras y, desde luego, por el sistemático accionar, cada vez más frecuente y sangriento, tanto de la insurgencia armada —avivada y respaldada por los comunistas nacionales e internacionales— como por la delincuencia común; y, más grave aún, por la que se estaba organizando en bandas tenebrosas y de gran cobertura. Además, les enfatizó Mancipe, que, frente a esa lamentable y peligrosa situación, el Estado había demostrado y comprobado no tener voluntad política, como tampoco la capacidad física, castrense, legal y económica para contrarrestarla, pues estaba asfixiado por tanta normatividad que le coartaba y le impedía reaccionar con eficacia. Además, de hacerlo, como había sucedido en algunas ocasiones, sus legítimos agentes eran tildados y enjuiciados por violación a la Constitución o a la Ley, o a los derechos humanos, o al debido proceso, o al derecho a la defensa. Por lo tanto, les sentenció Marco Aurelio a título de tremendista conclusión, que si no se enfrentaba el problema de la forma como se les proponía y ofertaba; además de golpearse y debilitarse la seguridad nacional, la democracia y, con ello, la tranquilidad de la sociedad de bien; tal flagelo iba a crecer de forma sobredimensionada y veloz, de tal manera que el día que de nuevo se le fuera a encarar, a intentar atacarlo y erradicarlo, iba a ser demasiado tarde y las consecuencias para todos ellos, pero en especial, para sus descendencias, no podrían ser menos que fatales… ¡funestas!

Con la llegada de los frescos y cuantiosos recursos, provenientes, una gran parte, del erario de los departamentos y municipios que suscribieron "El Pacto de la

Faz del Diablo", y la otra de los aportes prometidos y entregados por fuentes privadas e interesadas en el éxito del proyecto; lo que les retribuiría, en por demás breve plazo, con creces sus inversiones, Iván Alfredo Mancipe dio inicio a la gestación, coordinación, puesta en ejecución y control de los Grupos de Justicia Privada, en cada una de las localidades definidas en el pacto.

Para finales de ese año, los Grupos de Justicia Privada cundieron con su fatídica presencia los puntos neurálgicos y estratégicos del centro del país; pocos días antes de aparecer la segunda infante víctima violada, muerta y medio devorada —muy similar a los hechos acaecidos años atrás en Sumapaz y dos meses antes en Puerto Melgas—, esta vez en Nonqueteva, y un día después de inaugurada y entregada la casa de la cultura y el folclor de esa sabanera localidad por parte del invitado de honor, el señor Secretario de Educación y Cultura departamental, doctor Libarelí Alcides Mancipe Gómez, como ordenó por decreto el Gobernador que le dijeran a su hijo.

Así acaeció, no solo con el silente aval de los Gobiernos nacional, departamentales y municipales; sino también, con la concupiscencia de los actores económicos, políticos, católicos, sociales, culturales, castrenses, de gendarmería y de comunicación; tanto de las zonas infectadas por la erupción social aquella, como por las que hasta entonces estaban libres, aunque no inmunes, de la ineludible como pronta y mortífera contaminación nacional. Incluso, el poblador común, el ciudadano medio, anestesiado por los controlados y por demás "encaminados" medios de comunicación, algunos bajo la égida de aquellos, llegó a aceptar, mentalmente la mayoría, y uno que otro, de forma abierta y frenética, la existencia de tales grupos. Hasta hubo regiones que reclamaron la presencia formal de esos grupos en sus territorios y apoyaron a los candidatos que prometieron que, si eran elegidos al Concejo, a la Asamblea, al Congreso, incluso, a la Presidencia, ellos promoverían su instauración. Y así lo hicieron algunos, una vez obtuvieron el manipulado y controlado favor del constituyente primario.

Un estudio aislado de algún organismo internacional relacionado con derechos humanos llegó a calcular que los recursos distraídos del erario, junto con los "voluntarios aportes" privados, destinados durante esa oscura década nacional, para tal industria criminal, hubieran sido suficientes para resolverle, durante cien años, y a más de treinta y cuatro millones de nacionales, sus necesidades básicas, en especial, de trabajo, infraestructura, vivienda, salud, educación, vestuario y alimentación. Estudio que, desde luego, conoció el Gobierno, pero que, por soberanía y seguridad nacionales, argumentó un vocero del Presidente, no permitió que fuera divulgado.

Pero, el miedo, la barbarie y el terror que inoculaba el *modus operandi* de esos sanguinarios grupos no fue la principal estrategia para que aquella maluquencia social se diseminara y prosperara de forma rápida, como el rastrojo, primero por el centro de país y, después, terminara invadiendo todos y cada uno de sus abonados rincones. Tal vez la estrategia más demoledora, la más contundente para horadar en la mente de los nacionales hasta incubar la irremediable e inmediata necesidad —

trastocada en ansiedad por tener, apoyar y mantener, al precio que fuera, a los Grupos de Justicia Privada en sus regiones— se le debe, desde luego, a Iván Alfredo Mancipe Gómez, "Don Alfredo", como se le conoció al tan temible como venerado hombre aquel.

Don Alfredo, de manera selectiva y fría, planeaba, ordenaba y ejecutaba secuestros, atentados y asesinatos contra integrantes de sus propios grupos; es decir, contra fuerzas amigas y aliadas, contra los mismos que lo apoyaban; incluso, hasta contra sus familiares, contra sus propiedades, contra el patrimonio nacional, contra figuras ilustres y de grato reconocimiento nacional e internacional. La "maniobra" iba siempre acompañada con la estrafalaria divulgación mediática e inmediata de algunas de las autoridades legales proclives, cómplices de aquel accionar; de tal forma que tras la abominable acción, tales funcionarios salían y confirmaban que según las hipótesis más probables, los culpables eran los enemigos del Estado: bien la oposición del momento; bien las organizaciones sindicales; bien los revoltosos estudiantes de la convulsionada Universidad de la Patria; bien los radicalizados huelguistas de tal o cual para laboral, marcha campesina o minga indígena en contra del Gobierno legítimamente constituido; bien los grupos de insurgentes, algunos de esos, afirmaba el Gobierno de manera enfática, sería el brazo armado de los comunistas; bien fuerzas oscuras; contra los cuales las legalmente constituidas autoridades —anunciaban con amplia y oficial difusión— no ahorrarían esfuerzos para capturar y aplicarles la pronta y debida justicia, pues ya se estaban abriendo, o se había ordenado adelantar, las más exhaustivas de las investigaciones para que el crimen no quedara, esa vez, en la impunidad.

Pero, aquella parafernalia mediática no hacía más que enviarle a la sociedad un mensaje sobre la debilidad del Estado formal, en contraposición al accionar certero, efectivo, violento y sanguinario de aquellos Grupos de Justicia Privada; los cuales, pocos días después de los horribles hechos, del magnicidio, de la masacre, por ellos mismos causadas, mostraban su efectividad al arrasar, al aniquilar, bien, una presunta columna guerrillera; bien, una presunta banda criminal; bien, unos presuntos delincuentes comunes; bien, unos infiltrados guerrilleros en la Universidad de la Patria como profesores, empleados o estudiantes; o en tal o cual sindicato obrero. Presuntos implicados a los que, en todos los casos, con antelación, se les había fabricado las pruebas que los incriminaban como los autores materiales e intelectuales, dejando, eso sí, entre los mostrados y aniquilados perpetuadores de tan execrables crímenes, uno que otro "penetrado" sobreviviente; el cual era entrevistado tanto por los noticieros como por las autoridades, para que confirmara la versión dada y difundida en su momento por el eficaz y certero Grupo de Justicia Privada. Desde luego que tiempo después aquel era enjuiciado y sentenciado como el autor material, incluso, intelectual, de tales barbáricos hechos, antes de que desapareciera en la ignota lontananza, aderezada con la nacional tendencia a olvidarlo, a refundirlo todo.

Se calcula que en tan nacional barbarie hubo; al menos hasta cuando se comenzó a debilitar y a dividirse el primer Grupo de Justicia Privada, el de San Vicente de Sumapaz, al que se dedicó finalmente Iván Alfredo tras el inconsulto relevo de su padre de la gobernación y de las direcciones conservadoras: departamental y municipal; doce mil quinientas setenta y seis víctimas, entre propias tropas, población inerme y objetivos políticos, militares y económicos.

Esa cifra eclipsaría, por supuesto, los pírricos cuatro infanticidios que durante ese mismo año cometió, en cuatro distintas municipalidades, el Monstruo Antropófago del Sumapaz, como se le apodó. Abominables crímenes, por pura casualidad, acaecidos con posterioridad a la visita oficial, o a la inauguración de obras por parte de alguna delegación oficial, en las que, también, por mera coincidencia, judicialmente dictaminado, hacía parte, en calidad de invitado de honor, el reputado doctor Libarelí Alcides Mancipe Gómez, hermano de don Alfredo e hijo de don Marco Aurelio. Hombre aquel introvertido, raro, muy callado; pero respetado y de imposible, tal vez peligroso señalamiento y, menos, instar involucrarlo; pues nadie olvidaba el abrasador y constrictor "accidente" del que fue objeto Araceli Munévar y su inerme familia.

Por aquella misma época se graduó de abogado, en la ciudad capital, Roberto, el mayor de los Mancipe Gómez. En el mismo año cuando obtuvo la presidencia de la República, muy cuestionada, el postrer Gobierno dentro del Gran Acuerdo Nacional; que por mancomunado turno le correspondía al Partido Conservador. Graduación coincidente, también, para cuando Marco Aurelio Mancipe, podría decirse, entró en decadencia; no solo política, sino económica, militar, afectiva y sicológica. Sumatoria de vicisitudes que al final, diez años después, y tras perder la última y más preciada de sus propiedades, El Porvenir; lo llevarían a la muerte. Criminal acción esta de la que se hizo cargo un letal y efectivo actor material: la premeditada y compelida, aunque judicialmente nunca comprobada, ingesta del inmundo brebaje Guare Guareta que le suministró el Iluminado Indio Guarerá por conducto de sus secuaces, los servidores de la Iglesia de Dios.

También, durante ese año, y previo a su relevo de la Gobernación, su concubina Chavita (Isabel Gutiérrez) decidió, de manera inconsulta como revanchista, pregonar a los cuatro vientos su escondida y vedada relación de casi cuarenta años con Marco Aurelio Mancipe. Isabel lo hizo, tal vez, ante la reiterada ausencia de su amante; o, quizá, por el descuido al que la sometió y su inefectividad en la intimidad; y hasta, además, muy posible también, por su enfática negativa de escriturarle la finca que le había prometido: El Porvenir. Juramento hecho cuando Chavita lo autorizó para que contratara con su esposa las pagadas preñeces. Como consecuencia de tal revelación se desencadenó la explosiva y guardada reacción de Idalia Gómez. La ofendida consorte, entonces, lo abandonó tras quedarse, mediante reñida y marrullera conciliación, con al menos un cuarenta por ciento de sus propiedades. Las de ella las había blindado, y por escrito, desde el momento de la contratada maternidad.

De igual "suerte", por aquel entonces, Carlos Mario Gutiérrez, hermano menor de Chavita, quien hizo carrera política en las huestes del oficialismo liberal y llegó a la Asamblea Departamental, apoyó la campaña presidencial del candidato conservador, quien, al ser elegido, lo nombró Gobernador. Desde la Gobernación, aquel líder liberal, en solidaria respuesta favorable a la solicitud que en ese sentido le hizo su hermana Chavita, negoció a cambio de algunas prebendas y cargos clave de la administración pública departamental con sus ahora aliados conservadores del departamento y municipio para quitarle a Marco Aurelio todo formal como informal apoyo político y presupuestal. Esto obligó y relegó al reciente exgobernador a una vida solariega y bucólica en su pueblo natal, ante las reiteradas amenazas de la cada vez más robustecida como sanguinaria y depredadora guerrilla; aunque aún seguía de Concejal de San Vicente de Sumapaz, tratando de sobreponerse a la oposición de los liberales y de los comunistas en el Concejo Municipal. Corporación aquella, otrora tiempos bajo sus dictatoriales dominios y antojos, ahora por de más hostil; incluidos los ediles copartidarios, antes irrestrictos aliados. Estos, al parecer, pensaba Marco Aurelio, se congraciaban y hacían acuerdos en secreto y en su contra hasta con los comunistas. Incluso, con Ernesto Torres; joven montaraz y buen mozo quien saltó a la política municipal cuando tan solo era un simple peón en una de sus haciendas, en El Porvenir, donde conoció a Idalia.

Ernesto llegó a la política municipal gracias a la férrea oposición que manejaba con su locuaz discurso, enfilado en especial contra las prácticas latifundistas y el reciente criminal pasado de Marco Aurelio Mancipe. Sin embargo, Marco Aurelio, en relación con Ernesto Torres, guardó prudente y secreta sospecha en el sentido de creer que era ese comunista, en manguala con el frente guerrillero enquistado en la región, el autor intelectual de la última y frustrada por su aún temible hijo, Iván Alfredo, intentona para secuestrarlo y ejecutarlo.

Como consecuencia de esta nueva tentativa de rapto contra su padre, Iván Alfredo pretendió castigar a los presuntos implicados en el hecho, incluidos Ernesto y sus seguidores, de la misma forma y con la misma crueldad y métodos que en la anterior oportunidad. Sin embargo, para entonces, comienzos del siguiente año, dos circunstancias le impidieron a Iván Alfredo Mancipe Gómez llevar a cabo, en su totalidad y con el libertinaje de antes, sus cometidos.

La producción del cáñamo índico —tanto en el páramo como en diversas regiones del país, con su jugoso mercado internacional, en especial la demanda de países desarrollados— comenzaba a llamar la atención y a generar fisuras entre sus huestes a nivel nacional. Esto hizo crecer el interés y la ambición económica, particular, personal y, sobre todo, relativamente fácil, en varios de sus ahora algo díscolos Comandantes, ubicados en la mayoría de sus hasta entonces controlados Grupos de Justicia Privada. Situación que también llegó y se hospedó en la mente de los integrantes del "Estado Mayor" del grupo gestor que Iván Alfredo creía que comandaba y controlaba, como al principio. Estos, de manera callada, disidentes en el seno de su organización, se dejaron contagiar de forma paulatina e inexorable por la visión prospectiva que les brindó aquella nueva y gigantesca oportunidad de negocio; lo que los indujo, motivó e hizo pensar en diversificar su lucrativo portafolio de servicios, y adicionarle la intermediación y comercialización de esa nueva narcótica mercancía; sobre todo en ese momento que era más que evidente la drástica disminución del apalancamiento financiero oficial y privado que hasta entonces tuvieron… y a manos llenas… sin problema para aquella organización; más sensible ahora cuando la comunidad internacional, y algo de la nacional, comenzaban a fustigar, cuestionar, denunciar y amenazar con enjuiciar a los responsables involucrados en aquella causa; sobre todo por los métodos de "gestión" que solían usar; los cuales, les endilgaban, serían contrarios a la luz de los postulados de los derechos humanos y del derecho internacional humanitario.

Y lo político, incidente en lo presupuestal, fue la segunda circunstancia con la que se inició el resquebrajamiento de su organización, mientras él, Iván Alfredo Mancipe Gómez, se mantuviera a la cabeza de ella; pues al ya no ser su padre el respetado, temido y apoyado Gobernador, los recursos públicos se estrangularon en su totalidad, mientras que los privados se diezmaron. Y tanto unos como otros migraron, al principio de forma subrepticia, hacia dos facciones disidentes del grupo principal, apoyados, unos, por algunas autoridades departamentales, incluso, del alto Gobierno Nacional; y el otro, por ricos comerciantes, industriales, hacendados y banqueros.

Sin embargo, Iván Alfredo Mancipe Gómez no iba a dimitir de su causa, de su grupo, de su legado paterno, pues no era ya asunto de su voluntad. Él lo llevaba en sus genes. Además, subsistían otras tantas y familiares razones para no hacerlo, para no desarmarse. En primer lugar, estaba la custodia y la seguridad que les tendría que seguir ofreciendo a su padre y a las propiedades que les quedaban, tras la escisión matrimonial. Él le tenía que garantizar a su padre que la guerrilla, o cualquiera otra organización de igual o similar prosapia, no lo secuestrara y ejecutara; en particular ahora que los herejes comunistas estaban tomando tanta fuerza en la región, gracias, según colegía, al rol que cumplían como brazo político de la subversión.

Sin embargo, la seguridad física no solo era para su padre y sus propiedades. Iván intuía, para sí, la misma suerte de su progenitor en el momento que dejara las armas. Ahora estaba más expuesto que nunca sin el aval político ni el robusto y oficial flujo de caja de antes. Sabía que la amenaza provenía de diversos, arteros y poderosos flancos. Los riesgos acechaban desde disímiles latitudes y por innumerables razones. Por un lado estaban sus lugartenientes, los que fraguaban, de manera soterrada, a sus espaldas, él lo intuía, organizarse en al menos dos diferentes grupos, que una vez reorganizados, se declararían acérrimos rivales suyos y no iban a dudar un instante en deshacerse de él, al precio que fuera. Lo mismo acaecía con la guerrilla. Para esa vertiginosa organización él era, después de su padre, el segundo objetivo militar de la región.

También estaba, según el pensamiento de Iván, la desagradecida población sumapaciente a la que antes él defendió, a la que tanto les dieron los Mancipe Gómez. Población que se resistía a olvidar las dos o tres bajas causadas por familia, como consecuencia de la acción de limpieza y depuración social y política, necesaria, justificaba, emprendida por su Grupo de Justicia Privada. Asimismo, implicaban alto riesgo para él, ahora, las propias autoridades administrativas, de gendarmería, castrenses y judiciales, con las que antes hizo algunas operaciones conjuntas. Esos funcionarios, con toda seguridad, no dudarían, al presente, intentar mostrarles resultados a sus Comandantes y autoridades civiles en la capital del país. ¿Y qué mejor trofeo que su cabeza? Y, por supuesto, en esa baraja de riesgos estaban los ricos, los hacendados, los terratenientes, los finqueros, los industriales y comerciantes; a los que otrora tiempos él les brindó seguridad para que se hicieran más adinerados, obteniendo de ellos, en ese entonces, además de su admiración, irrestricto apoyo económico y político, respeto, incluso temor, el que al momento parecía esfumarse.

Tan vital como la primera razón, Iván Alfredo creía que debía mantenerse activo en el Grupo de Justicia Privada, por lo de Roberto y Libarelí, sus hermanos. A Roberto, a quien acababa de llevar su padre a San Vicente de Sumapaz para tenerlo bajo control ante su fea e inveterada costumbre de quedarse con lo ajeno, se le debía garantizar respaldo físico, de fuerza y poder, para que los pobladores no la tomaran contra él, ni le fueran a causar daño. Así mismo, había que proteger a Libarelí Alcides; pues, durante ese mismo año el Monstruo Antropófago arremetió, violó, asesinó y medio devoró a dos infantes mujeres; esas veces, de nuevo, en las inmediaciones de San Vicente de Sumapaz y por lengua de algunos desagradecidos y mefíticos habitantes, el nombre de su hermano Libarelí fue mencionado como posible responsable. Ante estos nuevos hechos, algunos pocos, taimados e irreverentes ciudadanos, y hasta el propio Juez Promiscuo Municipal, a quien su padre Marco Aurelio hizo nombrar en ese cargo y acababa de ser ratificado por ser conservador, de la misma línea del Presidente de la República, instaron, superficialmente, hacer sus cábalas sobre los presuntos responsables de esos crímenes, no dejando de comentar sobre las casuales coincidencias e indicios que podrían, de alguna manera, relacionar al "doctor" Libarelí Alcides Mancipe Gómez con esos abominables hechos.

En esas dos recientes oportunidades, a diferencia de todas las anteriores, hubo asomos en contra de Libarelí, pues esos dos postreros eventos acaecieron, precisamente, cuando él retornó al pueblo, junto con su padre, una vez fue declarado insubsistente de su cargo de Secretario de Educación y Cultura departamental, por parte de su coterráneo y liberal, el nuevo Gobernador, don Carlos Mario Gutiérrez. Y el principal indicio que comenzaba a fraguar responsabilidades contra Libarelí tenía que ver con coincidencias tales como que las postreras víctimas aparecieron al siguiente día de cuando la gente del común manifestó, de una parte, haberlo visto ingerir aquel brebaje que solo él pedía que le prepararan en la cantina del pueblo; es decir, cerveza, su favorita, con aguardiente y ron, mezclados con Coca-Cola. Asimismo, según lo dicho por los testigos que se atrevieron a comentarlo, aunque no a declararlo bajo juramento, que una vez el cóctel aquel comenzó a hacer efecto en la persona del "doctor" Libarelí (como se le siguió llamando con eufemismo, incluso después de su suicidio) es decir, antes de enlagunar su mente, este salió de la cantina; en las dos oportunidades y en la víspera de los hechos, en forma por demás taimada como sigilosa y silenciosa, casualmente rumbo al sitio en donde al otro día encontraron los macabros despojos de las inermes víctimas. Hechos aquellos que, por desgracia para la región, no serían los últimos.

Por esas, entre otras tantas razones, si él, Iván Alfredo Mancipe Gómez, no se ponía al corriente de la defensa de sus hermanos, pensaba y se atormentaba, esa gente desagradecida a la que tanto la familia Mancipe Gómez le había servido, sería tan capaz de señalarlos… incluso, hasta llegar a condenarlos; y él no lo iba a permitir mientras estuviera vivo. Y así lo hizo.

Esa vez, como sus más leales, otrora tiempos obedientes lugartenientes, esgrimieron diferentes argumentos para no participar de forma directa en la revancha contra los presuntos autores del último atentado contra su padre, ni contra los que se atrevieron a mencionar el nombre de su hermano Libarelí como sospechoso de los dos últimos crímenes del Monstruo Antropófago de Sumapaz, Iván Alfredo reestructuró sus cuadros rasos operativos con campesinos que tendrían que serle fieles, adeptos, sometidos. Por tal razón, su ejército de mercenarios para aquella segunda decadente etapa estaba compuesto, la mayoría, por amedrentados e impelidos jóvenes entre los trece y los dieciséis años a los que reclutó, algunos, y secuestró, a los demás, directamente en sus paupérrimos ranchos. A los otros, aquellos cuyas edades oscilaban entre los diecisiete y los veintiséis años, los enroló en sus huestes mediante la infamante estrategia de la oferta económica como opción única para zafarse de la tiranía de la rural indigencia. ¡Sí!, a todos ellos, además de uniformarlos, de armarlos y de entrenarlos en El Porvenir, les ofreció la irresistible posibilidad de ascenso rápido en la organización y recursos de subsistencia digna para sus familiares, según su individual y colectiva productividad criminal. Oferta esta insoslayable para siquiera instar salir de tan tortuosa como generalizada pobreza, feroz, galopante e imperante en tan ubérrimas tierras infectadas por la desorientadora violencia, el inoculado miedo, la consecuente desesperanza, la muerte y la insolidaridad generalizadas.

Como Iván Alfredo ya no tenía, ya no contaba con el demoledor apoyo de gestión e información emanados del Poder Ejecutivo Municipal; ahora en manos de uno de los copartidarios del nuevo Gobernador; no tuvo la posibilidad de hacer los ofrecimientos económicos oficiales, como tampoco la capacidad de convocatoria anterior; por lo que el accionar de sus nuevos cuadros rasos operativos fue menor, aunque no menos virulenta que la primera. Por tal razón, esas nuevas once víctimas; casi todas torturadas con crueldad y bárbaramente mutiladas e incineradas, acusadas de ser autoras materiales del atentado contra su padre, unas; o señalizadores de la presunta responsabilidad de Libarelí en relación con las últimas víctimas del Monstruo Antropófago, las demás; sirvieron para detener la inmediata acción disidente de la mayoría de sus lugartenientes y preservar por un buen tiempo más, el temor de la población; si bien fue cierto, ya no del departamento, ni de la región siquiera, pero sí en aquella localidad en donde aquel política y presupuestalmente diezmado e ilegal Comandante comenzó a atrincherarse y a robustecerse con los obligados pagos de sus coterráneos; amén del fortín armamentístico que atesoró en tres distintos y subterráneos armerillos ubicados en diversas fincas de su padre; desde cuando tuvo el control armado del treinta y cinco por ciento del centro del país. Época infausta aquella cuando las armas, las municiones, el vestuario de campaña, el material de intendencia y los pertrechos en general, fluían sin mayores tropiezos desde sus disímiles, agazapadas e inmensamente lucradas fuentes.

A medida que Iván Alfredo se mantenía en su monolítica causa; es decir, que su Grupo de Justicia Privada solo tendría que dedicarse al oficio para el cual fue creado por su padre, con la merma consecuente en cobertura, capacidad operativa y ofensiva, y, por ende, en ingresos; que además lo hizo trasladar su cuartel desde El Porvenir hasta una finca cercana al casco urbano; sus dos inmediatos cabecillas diversificaron el portafolio de servicios, desde luego de forma subrepticia, durante los siguientes dos años. Ellos sí lo fueron haciendo, a la sombra de Iván Alfredo. Alias Nene Lindo se encaminó hacia la comercialización del cáñamo índico a nivel nacional e internacional. Por su parte, alias Tibacuyo, otro de los lugartenientes de Iván Alfredo, se convirtió en uno de los proveedores de insumos y de seguridad para los cultivos ilícitos, cada día más extensos y numerosos, tanto de la delincuencia común como de la misma guerrilla y de otros grupos disidentes de justicia privada. Tanto Nene Lindo como Tibacuyo integraron sus incipientes y disidentes grupos, al principio con dos y tres escuadras de los hombres de Iván Alfredo, quienes los siguieron; no solo por las robustas recompensas económicas ofrecidas por aquellos avaros Comandantes; sino instados por el ladino embate del que fue víctima el Grupo del Sumapaz en abril del siguiente año, por parte de las Autodefensas de Tundama. Facción esta que ahora contaba con el apoyo oficial y privado que antes tuvo Iván Alfredo. Las Autodefensas de Tundama eran comandadas, a su vez, por alias Don Juaco, un tercer disidente del grupo matriz. Frente a tales circunstancias, Nene Lindo y Tibacuyo decidieron emanciparse, a comienzos del siguiente año, de Iván Alfredo y se aliaron con Don Juaco para declararle la guerra a muerte al grupo gestor, con el propósito de aniquilar, o como mínimo desterrar, de una vez por todas, a los Mancipe Gómez de aquellas prolijas como ensangrentadas tierras. Propósito que al final, y pese a las doscientas setenta y cinco bajas que les causaron durante los siguientes cinco años al Grupo de Defensa Privada del Sumapaz, no lograron evitar que el Monstruo Antropófago llegara a la víctima número veinticuatro, ese dos de febrero del año siguiente.

Lo que sí consiguieron los nuevos grupos disidentes del Sumapaz; además de hacer que los Mancipe Gómez, arrinconados y diezmados, se anidaran y enquistaran en las labrantías de San Vicente de Sumapaz, tornándose casi inexpugnables, por lo menos hasta la llegada de los Servidores de la Iglesia de Dios; fue auto debilitarse en aquella larga y estéril guerra de odios y mezquinos intereses, mientras se esparcía, en vorágine de inútiles e insípidas pasiones, la infecta semilla de la pobreza, la desigualdad, la inequidad, la mezquindad, el desapego patrio y la insolidaridad social y nacional.

En agosto de ese mismo año, tras casi ocho de ausencia, Flavia Francisca Mancipe Gómez regresó a San Vicente de Sumapaz. La comunidad *hippie* que la adoptó en el parque de la Carrera Real con calle 60, junto con Erasmo Santamaría, su compañero de fuga, desde hacía dos años había comenzado a ser hostigada, perseguida y amenazada, no solo por la Gendarmería; que tenía la misión legal de rescatar el espacio público invadido por aquellos, evitar el consumo del cáñamo índico y la práctica concupiscente del amor libre a los ojos de los desprevenidos y noctámbulos ciudadanos, sino por oscuros como peligrosos e intolerantes grupos de limpieza social empeñados en desterrarlos de esa localidad.

Una de esas intransigentes "agremiaciones" no dudó en eliminar a nueve de ellos y desaparecer a otros quince en la noche del doce de julio, durante la celebración en la cual todas las tribus de la capital honraban a la luna verde. Allí murió masacrado Erasmo Santamaría, quien para entonces era el líder de aquella tribu. Flavia Francisca y otros siete miembros se salvaron de la depredadora y vetada para los medios de comunicación y por ende nunca conocida acción aquella, pues habían sido elegidos por Erasmo para que asistieran, en calidad de intercambio grupal, unos al Parque Don Luís de la calle 60 con carrera 20, y los otros al parque de los Enamorados, al costado occidental de la carrera 30 con calle 63. En esos otros dos sitios aquellas tribus hermanas también hacían tal celebración.

Gracias al veto impuesto al respecto, ningún medio hablado o escrito informó sobre la "repentina" desaparición de aquellos existencialistas nacionales de la posguerra. Tampoco nadie preguntó por ninguno de aquellos tan incómodos como pintorescos y estrafalarios personajes que nunca más volverían por aquella capitalina esquina. Ni siquiera tornaron por aquel paraje los catorce, ilesos unos y heridos otros, que despavoridos lograron evadir el cerco y huir de las ráfagas de Ingram y Browning nueve milímetros que asestaban rabiosa e indiscriminadamente aquellos doce hombres encapuchados sobre las atolondradas e inermes víctimas. Menos aún lo harían los quince que fueron hechos prisioneros esa fatídica noche y de quienes nunca nadie tampoco supo su destino y, por ende, paradero final.

Una vez el silencio de la noche invadió el parque, los victimarios, hombres uniformados con overoles negros, subieron con sus armas aún humeantes a los dos camiones de estacas que los llevaron hasta allí, y a la voz de "¡vámonos!" emprendieron hacia el norte por la Carrera Real, llevándose consigo, atados y amordazados, a los quince prisioneros de aquella fugaz y efectiva operación. Segundos después, y mientras los dos camiones desaparecían de la escena, nueve cadáveres comenzaron a ser recogidos de manera presurosa y nerviosa por otros tres hombres que llegaron y descendieron de una camioneta Fargo, con carrocería Apache, con placas de orden público. Una vez terminaron, este tercer vehículo fue dirigido, con su fúnebre cargamento cubierto con lonas verdes de construcción, hacia occidente, por la calle 60 hasta la avenida Carabobo, donde giró con derrotero hacia el sur de la ciudad. Ya sobre esta arteria, la camioneta siguió directo hasta la localidad el Usmero. Una vez el vehículo llegó a un desolado, nublado y frío paraje, los mismos hombres que los recogieron, lanzaron los nueve cadáveres al interior de una fosa acabada de abrir. Luego procedieron a cubrirlos con la tierra que aguardaba en un montículo. La operación culminó sobre las dos y media de la madrugada.

Pero Flavia Francisca Mancipe Gómez no llegó sola a San Vicente de Sumapaz. En su vientre crecía la semilla, el fruto del amor; tal vez era un hijo de Erasmo Santamaría, su inmolado compañero. Flavia nunca tendría la certeza de ello. De lo único que al respecto sabía era que se trataba de su descendencia. En sus entrañas prosperaba, con toda seguridad, un Mancipe Gómez. Una vez aclaró el día, tras la fatídica noche de la matanza, Flavia y catorce miembros de las tres tribus que se desintegraron a partir de entonces se organizaron y decidieron marcharse a pie y en grupos pequeños, de cinco cada uno, hacia el Sumapaz, hasta la finca de la cual ella salió ocho años atrás. El primer grupo se fue por la vía a Banquitas del Colegio; el segundo, por San Mikel; y el tercero, en el que iba Flavia Francisca, por la carretera a Silbara. La estrategia consistía en que ella llegara primero hasta los predios de su padre, hiciera presencia allí y "colonizara" una lejana e inhóspita vereda de El Porvenir; un paraje junto a la quebrada donde fue asesinado su abuelo paterno años atrás por parte de la guerrilla. Planearon que una vez radicado y consolidado el primer grupo, este facilitaría la llegada de los otros. Y así lo hicieron y fundaron la primera y única tribu *hippie* del Sumapaz; diseminada a balazos por parte de un reducto armado de los hijos de la Iglesia de Dios, por órdenes del Iluminado, tres meses y medio después de muerto Marco Aurelio.

Pese a no haber superado el tercero de educación primaria, lo que le implicó no saber leer ni escribir bien, Marco Aurelio Mancipe fue amo y señor, por varios lustros, no solo en San Vicente de Sumapaz, sino en gran parte del departamento Central del país. Su fortuna individual estuvo entre las primeras quince de aquella región. Y ello le permitió, no solo ser primera autoridad municipal, es decir, Alcalde, sino Concejal, Presidente del Concejo Municipal y del Directorio Conservador. También, en el departamento, fue Diputado, Secretario de Obras Públicas, primero, después de Educación y Cultura y, por último, Gobernador; aunque su máxima, y frustrada, aspiración era ser, después de Gobernador, Parlamentario Nacional y de allí escalar a la primera magistratura del país; como se lo habían ofrecido, tiempo atrás, en el Directorio Nacional.

Lo ensalzó el jefe del Partido de esa época, diciéndole que él era, sin lugar a dudas, un presidenciable prometedor para el sistema. Y lo era, pues la más rancia dirigencia política, de ese entonces, vio y admiraba de él que en todos y en cada uno de esos cargos públicos en los que se le permitió gobernar, lo hizo con rabia, mezquindad e insaciable voracidad económica; con indescriptible e inexplicable odio social y recalcitrante y artero rencor en contra de sus enemigos políticos, sociales, religiosos, en sí, contra sus contradictores, que lo eran los que no acataban sus decisiones, o los que no estaban con él para lo que se le antojaba, a él y a sus superiores políticos, o los que tenían o poseían algo que a él o a los de su grupo o élite les interesaba o envidiaban. Marco Aurelio Mancipe gobernó siempre a favor de los más ricos, en contra de los más pobres, no solo del municipio, sino de la región, del departamento y la nación. Con su gestión, con sus políticas, con sus decisiones administrativas y corporativas, enriqueció, a ultranza, aún más, a los poderosos, y empobreció, sin ambages de ninguna índole y con enfermiza satisfacción personal, a los más necesitados, a los menesterosos; es decir, a las mayorías sociales. Su gestión, fundada en el terror y en el miedo de sus gobernados, pasó a la historia del país como la que agigantó la brecha de la desigualdad social en su región, sin posibilidad, jamás, de hacerla, al menos, franqueable.

Marco Aurelio Mancipe poseía las condiciones básicas para ejercer ese rol, en ese entonces y por aquellas latitudes; sobre todo porque la gente de su entorno no tenía la más mínima fundamentación política y su sentido de solidaridad era disperso y voluble; amén de su inoculada desesperanza social y del entumecimiento del intelecto causado por el periódico zumbido de las metralletas y las carabinas. Así las cosas, Marco Aurelio Mancipe era el hombre apropiado para la politiquería regional. Carecía de escrúpulos y, además, era rico, muy rico, el décimo cuarto de la región. El pueblo, a punta de terror, necesidad laboral, manejo religioso y medios de comunicación, lo alababa, lo aclamaba, creía en él, votaba por él y por sus listas; y cuando perdía, ese mismo electorado, bajo sus órdenes y con armado respaldo, se sublevaba y estaba dispuesto —y el que no, era obligado o asesinado— a morir por el caudillo. Sus coterráneos, a juro, aprendieron a verlo como su redentor y salvador económico y social, pues casi todas las fuentes de empleo y de generación de recursos de la región estaban controladas y dosificadas por él.

Y no solo eran los de su colectividad política los que lo veneraban, necesitaban y se servían de él. Durante todo el periodo del Gran Acuerdo Nacional, incluso lo respetaban, lo vanagloriaban y favores le pedían los liberales, y hasta algunos comunistas, en particular en época de campaña política y al momento de distribuir, por cociente electoral, todos y cada uno de los cargos de la administración municipal y departamental, así como algunos del nivel central, entregados a él en pago por "sus votos". Cargos públicos estos, estratégicos y pre negociados con el que casi siempre se sabía que iba a ser el ganador nacional. Tragedia en ciernes para su propio pellejo y patrimonio, y el de toda una sociedad.

Sin embargo, como no hay más efímero y deleznable poder que el que se detenta por la fuerza, o por el inoculado miedo, y en alianza estratégica con la corrupción; más aún, cuando se soporta y aliña con la cítrica ignorancia ciega de los sometidos quienes asumen, en todo impuesto caso, una letal aptitud de sobrevivencia subalterna, expectante, lisonjera, soterrado rencor, falso compromiso y susceptible traición; Marco Aurelio Mancipe al fin se dio cuenta de que sus pies no eran del forjado y fiero hierro que creía, sino de ese fluido, viscoso y mefítico barro político nacional que se fragua presto en avalancha de infortunios hasta con el más mínimo de los chubascos que suelen propiciar los más poderosos cuando así lo consideran pertinente y necesario para salvaguardar y engrandecer sus supremos e insaciables intereses personales y grupales. Que fue lo que le acaeció a Marco Aurelio, y no solo en el plano político y "militar", sino sentimental, familiar, económico, patrimonial y vital.

A la sumatoria de sus sembradas desgracias políticas y "militares", a Marco Aurelio se le agregaron, en simultánea, la desmembración de la sociedad marital y patrimonial con Idalia; el casi inmediato amancebamiento de esta con su mayor rival político, el comunista, a nombre de quien ella, presto y ciegamente, trasfirió todos sus bienes; los problemas de seguridad de sus hijos Roberto y Libarelí; y la más fatal: la "desinteresada" ayuda de sanación física y limpieza espiritual que le ofrendó el Iluminado Indio Guarerá y su séquito de servidores de la Iglesia de Dios. Estos últimos, los que bajo la dirección y estrategia jurídica del doctor Villarte, hicieron el trabajo sucio para lograr la amañada transferencia de dominio de sus últimos activos, aún cuantiosos, y, trágicamente, de su vida.

Aunque Germán Villarte Lopera se benefició de forma significativa con el pingüe producido que dejaron los innumerables "trabajos" que asesoró "jurídicamente" al interior de la organización del Iluminado Indio Guarerá, sobre todo con la millonaria estafa de la que fue víctima Marco Aurelio Mancipe, la sana fortuna y la plena dicha fueron esquivas con él. Jamás le sonrieron. Podría decirse que Germán Villarte Lopera, desde su nacimiento y hasta cuando murió por obra de un brebaje refinado del Iluminado, no fue un hombre feliz. Nunca moderó su particular concepción que tenía con respecto al mundo y a la sociedad en la que, "por suerte", le tocó vivir; como tampoco, sus inicuas estrategias y tácticas de subsistencia y mala enseñanza con sus discípulos universitarios, ni mucho menos su inveterada misantropía nacional.

Aquellas infectas semillas, sembradas en el fértil e inerme intelecto de la juventud universitaria nacional que pasó por la ponzoñosa cátedra jurídica, política, ética o administrativa de Villarte —entre otros tantos deformadores de conciencia, principios y valores que, en ese entonces, ululaban majestuosos e intocables por los campos universitarios—, vinieron a germinar, años, incluso décadas después, sobre todo en personajes como Roberto Mancipe Gómez, en Ignacio José Mencino Durán y en su compañero de carrera y amigo inseparable, Gerardo Obdulio Uribia Jaramillo, uno de los tres hijos del expresidente Uribia Morales. De igual forma, brotaron en la mente de la hija menor del propio Iluminado Indio Guarerá: Luz Divina Vinchira López, quien estudió y se graduó en Ciencia Política y Administrativa en la misma institución que lo hicieron Roberto Mancipe, Gerardo Obdulio e Ignacio José; es decir, en la más prestigiosa de la República: la ultra conservadora Universidad San José Arcángel. Allí ella conoció a Obdulio, el hombre que más tarde fue su esposo.

En todos y en cada uno de aquellos discípulos de Villarte Lopera —y en muchos más profesionales de ese y de otros centros educativos superiores, así como en otros tantos compatriotas— afloraron, de alguna manera, ya la insatisfacción, ya la indecisión, ya la deslealtad o el trasfuguismo en política; ya la rebeldía ilustrada, pero sin causa, sin justificación, amorfa y contra todo y sin ideación alguna; ya el desapego patrio, la irreverencia y el menosprecio social y nacional; ya la veneración y la práctica del no valor, del no principio, del desconocimiento y las acciones deshumanizadas; ya el deseo de atacar y destruir, a hurtadillas o por medio de otros, la institucionalidad y la patria; ya la morbosidad por el acrecentamiento de la desigualdad y la injusticia social; ya el frenético apego a la riqueza, sin consideración alguna para lograrlo rápido y sin mucha o ninguna inversión.

Marasmo que Germán Villarte Lopera y otros muchos colegas suyos, de profesión y cátedra, le heredaron a la sociedad durante casi cincuenta años de ejercicio profesional y docente en el ámbito de la política, la justicia, la economía, la moral y la ética empresarial e institucional, producto de su oblicua visión. Y, en especial, el jurisconsulto Villarte lo hizo hasta cuando el mismo Iluminado Indio Guarerá no solo lo expulsó de la empresa multinacional en la que se convirtió aquella organización, sino que le causó la muerte. Y era que un negocio cercano a los cinco mil millones de pesos anuales, de la época, cimentado sobre un pedestal de ignominia, no podía arriesgarse ante la repentina, trasnochada y sospechosa ética empresarial de la que hablaba, ahora, el astuto y efectivo, hasta ese momento, socio jurídico de la Organización Vinchira Torcuato (O.V.T.).

En todas y en cada una de las políticas, directrices, iniciativas, decisiones y órdenes que Rómulo Vinchira Torcuato le compartió, le comunicó o impartió desde cuando lo vinculó a su organización, Germán Villarte Lopera estuvo de acuerdo, lo apoyó, lo asesoró y le cumplió sin mayor miramiento; con una fatal excepción.

Una vez cumplida la Operación Mancipe, la Organización Vinchira Torcuato, tras pagar las comisiones y coimas respectivas a los autores materiales e intelectuales, vendió todo "el producido". Ese fluido capital fue ingresado, junto con los de otras operaciones similares, anteriores y posteriores, de manera "formal" al patrimonio empresarial Vinchira como aportes extras y préstamos de socios ficticios, la mayoría, testaferros otros, donaciones de clientes agradecidos e inconsultos, ganancias ocasionales, rendimientos financieros y otra buena cantidad de figuras jurídicas y contables que Villarte Lopera y el nuevo jefe de finanzas de la empresa, Ignacio José Mencino Durán, maquillaron a la perfección para hacerlos parecer y figurar transparentes, lícitos, legales.

Con tal apalancamiento, la Organización Vinchira Torcuato (O.V.T.), en menos de una década, creció un doce mil setecientos veinticinco por ciento y facturó en el último año treinta y dos mil trescientos setenta y cinco millones de pesos, de la época. La producción, distribución y comercialización del Guare Guareta, del Agua de la Maravilla y del Poderoso Suero Restaurador, entre otra gran cantidad de brebajes y ungüentos similares, se masificó, al igual que la Fábrica de Milagros, la asistencia y la ayuda espiritual y extrasensorial. Tal portafolio tuvo un consumo desaforado en todos los estratos, sin distinción de fe, convicción política, nivel educativo o raza de los masivos consumidores. Ello, gracias al despliegue e influencia mediática que colocó a dichos productos en la mente de cada habitante; a tal punto, que los incluyeron en la canasta familiar oficial como esenciales para la vida. Es decir, la publicidad, los medios y las comunicaciones estratégicas le fabricaron a esta marca y a sus productos y servicios una inagotable y perpetua demanda; con el respaldo político y jurídico de los hombres que la O.V.T., bajo la férrea e inescrupulosa dirección del Iluminado, incrustó en las respectivas entidades oficiales, desde luego.

La Organización Vinchira Torcuato (O.V.T.) no solo creció y se consolidó con el negocio de la ayuda espiritual, la quiromancia, la fabricación de milagros e iniciales artes que Rómulo aprendió de su padre, el Profesor Orinoco, sino que diversificó su portafolio de manera integral. Esto último, después de graduarse los tres hijos del Iluminado, los del matrimonio. La integral diversificación se hizo hacia las comunicaciones, la educación, la salud y, en particular, hacia el negocio nacional de la política, que implicaba la gran bolsa, el gran botín: la contratación oficial. Pese a todo, su primera línea productiva, la de los brebajes, los ungüentos, la fabricación de milagros y la asistencia espiritual, siempre fue la más fácil y menos costosa de hacer y mercadear y, en consecuencia, la de mayor facturación y rentabilidad. A ese portafolio le seguía en generación de ingresos la contratación oficial, gracias al apalancamiento, blindaje y protección de aquellos funcionarios, siempre de máximo nivel directivo, "puestos" por Vinchira Torcuato, tanto en los cargos clave de las entidades con mayor ejercicio y partida presupuestal contractual, como en los de control fiscal, disciplinario, político y judicial, a lo largo y ancho de la geografía nacional. Tal y como se lo enseñó, en su momento, el maestro Villarte Lopera, no solo a él, a Rómulo, sino a los tres Vinchira López, dos de los cuales también fueron sus discípulos en el salón de clases; y, por supuesto, a su alumno estrella: Ignacio José Mencino Durán.

Luz Divina era la menor de los Vinchira López, los hijos de Rómulo Vinchira Torcuato dentro del matrimonio oficial. Se rumoraba que el Iluminado mantenía al menos tres relaciones extramatrimoniales al tiempo, y que en cada caso había al menos un hijo. Luz Divina estudió Ciencia Política y Administrativa en la misma institución donde lo hicieron Roberto Mancipe e Ignacio José Mencino. Por tal razón, ella también fue discípula de Germán Villarte y compañera de Gerardo Obdulio Uribia, su esposo un año después de haberse graduado como politóloga, con énfasis en Administración de Asuntos de Estado. Gerardo Obdulio era el menor de los tres hijos del expresidente Abelardo Uribia Morales, fundador y jefe plenipotenciario y vitalicio del Partido Para la Coalición Nacional (P.C.N.); quizá uno de los más corruptos, sanguinarios, antidemocráticos y dictatoriales en las tres últimas décadas; pero, a su vez, el más reciente y de mayor poder y popularidad mediática y económica, a lo largo de la historia patria.

Al sellarse la alianza marital Uribia-Vinchira, la Organización Vinchira Torcuato accedió, sin talanquera alguna, al cuarenta y tres punto setenta y cinco por ciento de la contratación oficial a nivel nacional, y un tanto similar en la regional. Germán Villarte Lopera, socio estratégico jurídico de la Organización, al principio estuvo complacido con los apabullantes logros económicos; más aún, sabiendo que él era el padre gestor de tan "magna" obra y, por ende, por los dividendos y comisiones que le llovieron. En ese entonces no le importó a Villarte, en absoluto, que el cien por ciento de los contratos estatales que la O.V.T. obtuvo, pese a recibir, en todos los casos, el total de la apropiación presupuestal y, en la mayoría, adiciones hasta por el ciento cincuenta por ciento, ninguno fue terminado ni entregado a satisfacción, y, además, que un buen número de estos nunca se iniciaron.

Por su parte, Pompilio Vinchira López, el segundo hijo del matrimonio del Iluminado, estudió Medicina en otra "prestigiosa" universidad de la ciudad capital, la Santa Rosa de Guzmán Rendón. Por tal motivo, él no fue discípulo universitario de Villarte Lopera. Sin embargo, Villarte Lopera sí fue, al interior de la O.V.T., el maestro del médico Pompilio Vinchira para aquello de las malas artes y mañas comerciales, políticas, legales, contractuales y sociales; las que puso en práctica a su favor y en contra de la sociedad en general; con predilección contra los más necesitados cuando fue Ministro de Salubridad y Asistencia Social, dos veces, y bajo administraciones distintas, y Procurador para la Vigilancia Pública, en otra oportunidad que lo nombró el Presidente Uribia para que lo defendiera de varios escándalos descarados de su administración, y para que atacara disciplinariamente y sin cuartel a sus detractores y acusadores; como en efecto lo hizo.

No hizo falta que Pompilio Vinchira fuera a las clases universitarias de Villarte, ni que escuchara o leyera sus tóxicas conferencias, para ser el mejor discípulo de Villarte en el ardid de las políticas sociales. Bastó que Pompilio lo oyera y lo viera actuar al interior de la O.V.T. para contagiarse de tan errática y apestosa filosofía.

El máximo logro de Pompilio para su Organización lo obtuvo en su calidad de Gerente General del Instituto de Salvaguarda Farmacéutica y Alimentaria (I.N.S.A.F.A.), al autorizar, finalmente y tras varias coimas e infructuosas y reiteradas intentonas en anteriores administraciones, la licencia oficial para todos y cada uno de los brebajes y demás productos, presentes y futuros, que fabricaba, distribuía y comercializaba la

Organización Vinchira Torcuato. Sobra decir que ninguno de tales productos cumplía, ni cumpliría, con las mínimas condiciones, ni con los esenciales requerimientos para el consumo humano. Tal entuerto administrativo, sin embargo, catapultó el portafolio de productos Vinchira a nivel, no solo nacional, sino del subcontinente; en especial en aquellos países con mayor corrupción y, en consecuencia, atraso, que los del país de la casa matriz. En otros países, donde había mayores controles, o la corrupción y el subdesarrollo no eran tan feroces, la distribución y la comercialización prosperaron gracias a la política Vinchira de auspicio soterrado y subsidiado relacionada con el contrabando transnacional.

Desde luego que el crecimiento en la línea de brebajes, ungüentos, fabricación de milagros y ayuda espiritual no hubiera sido posible sin el concurso del hijo mayor de los Vinchira Torcuato, Luis Fernando. Luis estudió y se graduó en la Universidad San José Arcángel; donde lo hizo, poco tiempo después, en Ciencia Política, su hermana menor: Luz Divina. Por ende, fue discípulo del profesor Villarte Lopera, quien daba clase de jurídica comercial y ética empresarial en esa facultad de Química Farmacéutica. Tal vez por ello Luis Fernando fue el cerebro industrial y comercial para la expansión de la empresa de su padre.

Aquel químico farmaceuta, con los conocimientos propios de su profesión, ya no empíricos como los de su abuelo y su padre, revolucionó hacia lo maléfico, aún más, las moléculas de cada uno de aquellos brebajes y ungüentos. Las perfeccionó de tal forma que fueran más eficaces, contundentes y algo controlables en sus letales efectos. Dañinos efectos que enmascaró con una aparente benignidad y eficacia hacia lo que se pregonaba que hacían, contrarrestaban o curaban y, además, indetectables con la tecnología de entonces. Manipuló cada una de esas moléculas hasta lograr perfeccionar en ellas dos características adicionales. La primera, que generara de por vida en el consumidor una discreta adicción, incluso estando el paciente sin los síntomas de la recurrente maluquencia. La segunda, que una vez consumida o aplicada como ungüento, generara inmediata eficacia, pero aumentara de forma paulatina el impacto y la frecuencia de los síntomas. Es decir, que el alivio llegaba de inmediato al actuar sobre los síntomas, pero incrementaba la raíz de la inoculada causa del malestar o daño, haciéndolo más recurrente que antes; ante lo cual el paciente tenía que acudir a nuevas y más costosas preparaciones, si quería obtener alivio. Al suspenderse el tratamiento, la inoculada molécula quedaba sin control y se propagaba de manera rápida y letal, de manera tal que en un lapso breve la persona empeoraba y si no se ponía en las manos del Iluminado, moría; es decir, siempre y cuando no se le suministrara el más costoso de los brebajes: el Poderoso Suero Restaurador (P.S.R.). Sí, el mismo, pero "mejorado", que le dio el guía espiritual a Marco Aurelio, cuando este, antes de entregar la Hacienda El Porvenir, tuvo su primera recaída. Desde luego que una vez suministrado el P.S.R., el paciente podría vivir todo el tiempo que mi Dios lo quisiera tener con vida, siempre y cuando se cumpliera con el diario tratamiento de tal brebaje, mañana, tarde y noche. Esto hizo que las fortunas de los familiares de los pacientes fluyeran de manera lenta, "lícita" y efectiva hacia las arcas de la O.V.T.

Luis Fernando "perfeccionó" las moléculas para causarles daños controlables pero irreparables a los convencidos clientes consumidores de los brebajes y ungüentos Vinchira Torcuato. Una vez la víctima estuviese infectada con la letal pócima, solo encontraría en otro producto Vinchira Torcuato un lenitivo, un paliativo que lo único que hacía, además de encapsular el síntoma por un tiempo, cada vez menor, era acelerar la corrosiva acción del brebaje o ungüento. Y la dura enfermedad se repetía para siempre, con un cambio en el tratamiento, mediante un nuevo producto más especializado y, por ende, de mayor precio.

Pero, la situación fue aún más perversa. Luis Felipe diversificó el negocio de aquellas moléculas, de tal suerte que las personas que por algún motivo no accedieran a los brebajes y ungüentos de su Organización, y que por lo tanto nunca iban a ser inoculadas y explotadas farmacéutica y económicamente, fueran alcanzados por sus tentáculos. Se ideó un plan macabro pero efectivo y lo llevó a cabo, con rendimientos y utilidades inigualables. La principal y más dañina de las moléculas la comercializó como un insumo para harinas, leches en polvo para bebé, papillas, endulzantes, saborizantes, condimentos, lácteos y preservadores para industrias alimenticias.

La meta de Luis Felipe era tener a toda la población, presente y futura, bajo su perverso y enfermo control de pócimas. Y así lo hizo. La sustancia pronto se masificó en toda la industria alimenticia del país, y la población, poco tiempo después, comenzó a padecer síntomas de malestares nuevos y raros, unos, y otros que se parecían a los comunes y corrientes, pero con alguna variante. Aquel fue el momento para hacer la masificación mediática y comercial del Guare Guareta de los Laboratorios Vinchira Torcuato (L.V.T.), de la Organización Vinchira Torcuato (O.V.T.), como ese producto que aliviaba, en el acto, casi todos esos nuevos síntomas.

La comunidad médica nacional (que siempre desconfió de los productos de la O.V.T.) ante la imposibilidad e ineficacia de los medicamentos tradicionales para paliar tanta nueva enfermedad, se dio por vencida, y aunque nunca involucró dichos productos en su *vademécum*, un buen número de médicos los incluían de manera informal en las recetas. Por lo general, les decían a sus pacientes, en privado y sin comprometerse, que probaran con uno de los productos estrella de la medicina alternativa: el Guare Guareta.

Y ese fue el punto de quiebre de Germán Villarte Lopera. Él no estuvo de acuerdo con las nuevas y demenciales prácticas farmacológicas de su discípulo. Eso sí le parecía a Villarte una monstruosidad, no solo por lo incontrolable, sino por los alcances y los devastadores efectos que sobre la salud pública nacional e internacional iba a tener tal arremetida.

Le argumentó Germán Villarte Lopera al Iluminado —la única vez que dejó entrever su desacuerdo en ese sentido— que él aceptaba y hasta contribuía, como lo había hecho siempre, para que la O.V.T. hiciera bultos de plata con las inducidas ignorancia e incapacidad de reacción de un pueblo mediáticamente sometido y sin futuro; pues una sociedad en esas controladas condiciones, era una verdadera mina inagotable de riqueza para unos pocos adelantados, como lo eran los integrantes de la familia Vinchira López. Le enfatizó aquella vez Villarte a los Vinchira, que, si bien era cierto que los pobres, en masa, constituían la mayor fuente de riqueza para la minoría, a él no le parecía estratégico causarles daños masivos, mortales e inexorables. Que todo aquello, con toda seguridad, se iba a salir de control y terminaría afectando, no solo al jugoso nicho de mercado, que de hecho ya tenía más que asegurado la Organización, sino a ellos mismos, a sus familias y a su círculo inmediato de relaciones afectivas y sociales.

La respuesta que recibió el jurisconsulto, en esa oportunidad, por parte, no solo del Presidente de la Organización Vinchira Torcuato, es decir, del Iluminado mismo, sino de su hijo Luis Fernando, fue esta: «No solo estamos en capacidad de enfermar a la humanidad completa, sino de proveerle el paliativo remedio, al precio que nosotros queramos. ¿O es que usted, doctor Villarte, no confía en nuestras competencias? Si usted o uno de los suyos se enferma, lo cual sucederá tarde o temprano, ni más faltaba, se le tiene y dará la solución oportuna, y hasta gratis. Enfermamos y curamos, curamos y enfermamos; es nuestro eslogan corporativo privado, no lo olvide».

Mayor resistencia puso Germán Villarte Lopera; aun cuando esa vez no dijo nada, pues comenzó a presentir que algo terrible se estaba fraguando contra su integridad; al aún más malévolo y nuevo plan de Luis

Fernando; ahora integrante de la Sala Plena de la Universidad San José Arcángel y Decano de la Facultad de Ingeniería Química de aquel claustro universitario.

Con el apalancamiento financiero de la Organización Vinchira Torcuato se dio inicio en la universidad a la investigación para manipular la molécula, de tal forma que permitiera su inoculación en los medicamentos esenciales para tratamientos siquiátricos, primero, y, en todos los demás medicamentos e insumos agropecuarios que se produjeran en el país, durante las segunda y tercera etapas.

La más letal de las moléculas era manejada —ahora en forma técnica, y no con la empírea con la que lo hicieron Rómulo Vinchira y su padre— en el modernísimo laboratorio de química que "obsequió" la O.V.T. a la Universidad San José Arcángel. Sin embargo, el insumo fundamental era un secreto industrial para los estudiantes, los profesores y la comunidad científica en general, referenciado como "Sustancia 3R". Los componentes del 3R solo los conocían los de la O.V.T. y, por supuesto, Luis Fernando, el investigador líder, quien canalizó un alto porcentaje de los recursos públicos del Instituto de Investigación Nacional para tan perversos propósitos.

Luis Fernando sabía, por las investigaciones que realizó durante sus estudios universitarios, así como por otras a las que tuvo acceso político por conducto de su hermano, el Ministro de Salubridad; que con los recursos para insumos farmacológicos que poseía el país en sus inmensas selvas y sabanas, todos los países del subcontinente podían, no solo cancelar cien veces la deuda externa agregada, sino convertirse en la primera potencia económica regional. Sin embargo, guardó el secreto, pues así lo exigía una de las cláusulas de exclusividad del multimillonario contrato de exploración, explotación, extracción, producción y comercialización perenne de insumos tropicales farmacéuticos, firmado por el Gobierno Nacional, cuando su hermano Pompilio fue Ministro de Salubridad, con el Sindicato de Transnacionales Farmacéuticas. Leonino contrato en el que, a cambio de tal exclusividad para las transnacionales, estas le otorgarían algunas regalías al país, pero por conducto de la O.V.T., que las tendría que reinvertir mediante su popular portafolio de productos masivos para la salud física y mental del pueblo.

Al modernísimo laboratorio de química farmacéutica de la Universidad San José Arcángel; construido, dotado y mantenido con una ínfima parte de las regalías del abusivo contrato de exclusividad entre el Estado y el Sindicato de Transnacionales Farmacéuticas; ya llegaba el 3R directamente del laboratorio de la Organización Vinchira Torcuato, ubicado en la avenida Carabobo con calle 54, donde aún funcionaban los principales consultorios de la Organización en relación con la asistencia espiritual, la fabricación de milagros y demás artes con las que inició el Iluminado.

El 3R era un extracto de las emparentadas rubirnalia, rubirnaca y rubirnásea. Y este compuesto, por orden de Rómulo, su hijo Luis Fernando lo manipuló para producir un discreto de sabor pero potente, inodoro e incoloro jarabe que le fue subrepticiamente proporcionado a Germán Villarte Lopera, primero en el tinto que tomaba todas las mañanas en su oficina de la Catedral para la Asistencia Espiritual, y una vez fue despedido, se le siguió suministrando en el café *gourmet* que consumía en una cafetería ubicada frente al edificio donde tenía su oficina particular en el centro de la ciudad. El Iluminado, desde cuando decidió eliminar a su asesor jurídico ante el riesgo que este comenzó a perfilar, colocó a varias personas de su nómina secreta de mercenarios en sitios donde tradicionalmente frecuentaba Germán Villarte Lopera, ya para desayunar, ya para almorzar, ya para tomar su café *gourmet* de la tarde con galletas de vainilla y chocolate.

El deceso de Villarte Lopera se dio quince días después de haber sido expulsado de la Organización, sin posibilidad alguna de redimir o transferir sus millonarias acciones, y treinta después de haber comenzado a ingerir el jarabe. Fue un ataque fulminante, sin síntomas previos. La carta de defunción declaró que fue una muerte súbita, por causa no determinada. «Tal vez por la edad y su vida de bohemio», comentaron sus pocos amigos y familiares que aún le quedaban.

El papel que jugó Gerardo Obdulio Uribia en la Organización Vinchira Torcuato fue definitivo para la consolidación política y empresarial de la O.V.T.; y no solo apalancó administrativamente todos los "negocios" del portafolio empresarial, sino que le abrió a la Organización las puertas del Partido —el que creó y presidió su padre toda la vida— y con ello, las llaves de la burocracia, el clientelismo y, por supuesto, el premio mayor: la insoslayable y exquisita contratación oficial. Tema este en el que Ignacio José Mencino Durán no solo era experto y mañoso por heredada genética, sino posgraduado en tal especialidad administrativa, y de la misma universidad de donde egresaron Luz Divina Vinchira, Roberto Mancipe y su ahijado de matrimonio: el delfín Gerardo Uribia.

Sí, Ignacio José Mencino fue el padrino de matrimonio de Gerardo, quien a su vez lo presentó a la O.V.T., en donde, al poco tiempo, fue nombrado por Rómulo Vinchira como gerente administrativo y financiero.

El aporte de Ignacio José Mencino a la O.V.T. no se limitó a las funciones relacionadas con la gerencia administrativa y financiera, y a la genialidad que él llevaba en la sangre en relación con el manejo de sobornos y chantajes para quedarse, a como diera lugar, con cuanto contrato público interesante saliera a licitación, como en su época lo hizo su tatarabuelo Bernardo Mencino. Su máxima y secreta contribución fue sobre la descendencia Uribia-Vinchira. Desde cuando su compañero y amigo Gerardo le presentó a su novia (y poco tiempo después esposa) Luz Divina Vinchira López, Ignacio José Mencino trenzó con ella una tórrida y silente relación afectiva-sentimental, cuyo humano producto fue bautizado con el apellido, desde luego, de los formales consortes Uribia Vinchira, con los nombres de Álvaro María. Sin embargo, por las venas de aquella criatura corría la inficionada sangre Mencino.

Álvaro María Uribia Vinchira fue Presidente del país casi cinco décadas después, por la época para cuando las tres Redenciones Nacionales, promulgadas por cada uno de los Cifuentes Cifuentes (los tres hijos extramatrimoniales de Olegario Arturo Mencino, los que tuvo con Magnolia) finalizaban su primer periplo; como lo venía vaticinando Magola Rojas —una de las hijas, sin reconocer, de Iván Mancipe Gómez— desde hacía treinta y tres años, cuando se volvió famosa a lo largo y ancho del territorio patrio con sus predicciones, sobre todo de tipo político, catastrófico, social, deportivo y militar. Eso la convirtió en la pitonisa oficial de cuanto evento iba a suceder en el país y en el mundo. Incluso, tuvo, por mucho tiempo, espacios en las mejores franjas de audiencia de la televisión y la radio para atender en directo consultas de sus adeptos, que no escatimaban en pagar el alto precio del minuto, con tal de que doña Magola les escuchara su caso y les diera su sabio consejo; y sin contar las multitudinarias y onerosas consultas *online,* holográficas, por redes sociales, por correo electrónico, por carta y presenciales en cada una de las cincuenta y nueve sedes que montó a lo largo de la geografía nacional.

La degradación de la moral, los principios y las sanas costumbres, similar a lo escrito por sus hermanos Joaquín y María Victoria, fue el tema de la teoría que expuso Roxana, la menor de los trillizos Cifuentes, con el título de "El Amorfismo del Intelecto Nacional". A ella le dolía que los individuos de su sociedad ya asumían, pregonaban y trasmitían a su inmediata generación, con inoculada y mediatizada naturalidad, como totalmente normal, ya la generalizada corrupción, ya las masacres, ya los homicidios, los robos, los irrespetos, los abusos de toda índole, la desigualdad, la injusticia social, los desarraigos forzosos, el desapego patrio y todo signo de descomposición social que enranció con pútrido y tricolor manto la atmósfera del país. Hediondez que todos no solo se acostumbraron a ver por doquier y a respirar con fingida naturalidad, y hasta gusto, sino que convirtió la vida de los nacionales, en particular la de la inerme mayoría, según lo dejó escrito Roxana Cifuentes, en una trivial mercancía, en una baratija de máxima explotación y perversa fuente de ingresos económicos para una sátrapa minoría.

Tal fermentada concepción hizo carrera en legislaciones relacionadas con los servicios de la salud, la educación, la vivienda, el bienestar, el trabajo, entre otras vitales prestaciones requeridas por los habitantes de la quebrantada sociedad de aquel bonito y rico país.

En esas respectivas y amañadas normatividades *"legales, tal vez, más no legítimas"*, esgrimió Roxana, la esencia y la razón de ser de esas públicas prestaciones, es decir: la vida humana y el bienestar social general, ya no lo eran. Lo importante, lo de salvaguardar y garantizar con tales legislaciones, antes que nada, era la máxima rentabilidad económica posible para los inversionistas; rapaces y privilegiados grupúsculos a los que el infecto Estado les concedía una perniciosa licencia para ofertar, sin límite ni escrúpulo alguno, el respectivo servicio; además, sin cumplir con los mínimos requerimientos, siquiera, en procura de minimizar los costos que implica la calidad. Encima, a estos se les subsidiaba absolutamente todo; y cuando ello era demasiado descarado o grotesco hacerlo, se les facilitaba o propiciaba el desfalco al erario.

Actuaban, Estado y contratistas inversionistas, bajo la obtusa óptica de ser aquellos servicios, grandes y rentables negocios. No les importaba, en lo más ínfimo, el obvio perjuicio causado a la dignidad del individuo, objeto del mismo; así como que con ello se estaba inoculando en toda la población una filosofía perversa de enriquecimiento fácil, rápido y sin reglas, a costa de la necesidad general. Por tal razón, los asociados nacionales, todos, crearon en su mente el concepto de que lo público era de todos y de nadie y que quien accediera, directa o por interpuesto (testaferro) funcionario al poder oficial, de la forma que fuera, podía disponer del tesoro de la patria, a su acomodo y antojo. Ese era el camino fácil hacia la riqueza individual, creían los enfermados nacionales.

Y aquel que por cualquier razón no tuviera tal acceso, es decir, a las mieles del poder público, la atorrante y descarada acción de las autoridades lo incitaba y autorizaba, creía el ciudadano común, para hacer cualquier cosa a la siga del enriquecimiento fácil… incluso, si ello (como lo pensaban y por ende actuaban, entre otros tantos, Marco Aurelio Mancipe, el expresidente Uribia Morales, Rómulo Vinchira Torcuato y su montesina prosapia) implicara acudir al pillaje, al engaño, a quitar vidas, a dañar toda una sociedad, a malgastar y mal usar los recursos naturales, o a entregárselos a potencias extranjeras a cambio de minúsculas recompensas, migajas, para su excluyente y sátrapa colectividad. *"Situación que conllevaría al país al precipicio de la infranqueable desigualdad, a la irreversible pobreza generalizada, a la hambruna colectiva, al desapego patrio, al odio, al perenne conflicto interno y a la destrucción moral nacional",* escribió Roxana Cifuentes.

Frente a ese *"cataclismo cognitivo"*, como lo catalogó, Roxana Cifuentes propuso de manera oportuna la tercera Redención Nacional, a partir del ingrediente que ella consideraba fundamental para recomponer los valores, la moral y el pundonor de la sociedad: ¡la educación! Vista esta no con el montaraz criterio mercantil que se impuso en el país y que facturaba privados y jugosos dividendos sin importar el objeto en sí, según su percepción; sino entendida como aquella acción que permite y conlleva al desarrollo y al perfeccionamiento paulatino y continuo de las facultades intelectuales y morales del hombre, desde su infancia hasta su madurez. Proceso que debía empezar en casa, seguir en la escuela, el colegio, la universidad, y consolidarse y reproducirse en la sociedad, receptora final de su beneficio. Todo, necesariamente, fundado en normas, en pautas edificantes, humanistas, solidarias, lógicas, dignificantes y respetuosas de toda manifestación de vida, no solo la humana, y guardianas, custodias, del entorno natural que la sustenta.

Proceso formativo que había que reencausar desde el mismo hogar, base granítica de la posterior conducta del individuo como ente social, y desde luego, por parte del Estado. La educación no debía ser considerada ni tratada por los gobernantes como un anodino gasto obligado y poco retributivo económica y políticamente, ni como una mera necesidad social de quinta categoría; razón por la que solía dejársela a los particulares para que la "explotaran" cual baratija. Debía entenderse a la educación como la mayor inversión social que tiene y debe hacer un Estado; más aún, cuando, en ciernes, estaba el cataclismo nacional, según lo avizoró y lo documentó Roxana, sin haber consultado el tema, ni haberse puesto de acuerdo al respecto con sus dos hermanos.

Dijo y enfatizó Roxana en sus escritos, que una de las herramientas para mitigar los devastadores efectos de aquella pronosticada hecatombe patria, cuyos primeros efectos ya se sentían en la nación, de muerte herida, era la reeducación en función de toda manifestación de vida sobre el planeta y, en particular, lo concerniente al país. Las bases de la defensa, la consolidación y el futuro digno y equilibrado de la sociedad estaban, según Roxana Cifuentes, única y exclusivamente en una robusta, generosa y equitativa inversión educativa; en la perenne formación integral del pueblo. Sentenció que *"si el conjunto de habitantes de un país es educado y adherido, entonces es competitivo y productivo, lo que conlleva hacia el crecimiento económico equilibrado de la nación y, en consecuencia, hacia la solidaridad, la consciencia y el respeto, respecto de la responsabilidad que como sociedad tiene con su actual y con sus futuras generaciones y su hábitat. Un hombre educado adquiere la capacidad de respetar, admirar, defender y perpetuar, no solo lo suyo, sino lo que está en su entorno, sea ello una maravillosa hoja de trébol, un insecto, el mar, otro ser, el universo, Dios... El irrespeto prospera en la deseducación, incuba la degradación moral y hace perpetuo el amorfismo del intelecto patrio"*; concluyó Roxana.

A las once y veinte de la noche; tras haber engullido la frugal cena, acompañada con la azucarada Agua de la Maravilla y otra dosis del Poderoso Suero Restaurador, viandas suministradas de manera gentil por Abelardo Ramírez, su chaparrudo guía espiritual; Marco Aurelio Mancipe se dispuso a esperar la aparición de la luz. Esa noche no se iba a quedar dormido. Tenía la férrea intención de enfrentar, de una vez por todas, su mandinga suerte. Su único propósito era asegurarles un futuro seguro a sus descendientes, sus hijos. Por su parte, Abelardo estuvo todo el tiempo atento y zalamero, dispuesto a responderle las preguntas que seguía haciendo, así como a congraciarlo en lo que se le antojara. La noche refrigeraba, aún más, aquella paramuna geografía patria con cada segundo trascurrido, de tal suerte que, diez minutos antes de las doce, los dos hombres tuvieron que recubrir sus humanidades con frazadas extras de lana que Marco Aurelio guardaba en un cajón del viejo armario de cedro amarillo ubicado en su habitación.

Faltaban treinta segundos para que el viejo reloj de péndulo de la sala de la casa principal de la Hacienda El Porvenir marcara las doce, cuando Marco Aurelio gritó y señaló, a través del ventanal, hacia la gélida penumbra ornada por fantasmagóricos chamizos de árboles frutales y otras tantas e invasivas matas de monte.

En ese sitio había comenzado a titilar la luz del "entierro". «¡Ahí está!», dijo, mientras se paraba vigorosamente del sillón, tras lo cual se encaminó hacia la salida de su alcoba, rumbo al patio. Abelardo se abrigó con la frazada y lo siguió, no sin antes coger dos linternas de la mesa de noche y recoger y cargar al hombro la lona en la que alistaron todas las herramientas para la ocasión, junto con las estacas sagradas. Ya en el patio, le indicó a Marco Aurelio que fuera despacio y que usara la linterna para evitar trastabillar, caer y hacerse daño, lo que impediría el objetivo principal. Marco Aurelio retornó sus pasos hasta donde estaba su guía espiritual, tomó la linterna, pero, con la misma ansiedad y precipitación que antes, se encaminó hacia el sitio donde la luz seguía chisporroteando, rasgando con su intenso azul la oscuridad del helado y ensortijado paraje. Abelardo apuró su paso y lo alcanzó, en el momento cuando, a unos doscientos metros más adelante, dos rayos, como los de la primera vez, surcaron la oscuridad, de piso a cielo, y se oyó de nuevo la voz que los hizo detener, mientras les indicaba qué había que hacer y cómo.

Los dos hombres; Marco Aurelio del brazo de su guía espiritual, pues el esfuerzo y la exaltación le consumieron gran parte de las energías y del entusiasmo artificialmente propiciados por los mejunjes tomados durante el día; caminaron por espacio de ciento cincuenta metros más y se detuvieron en el lugar que les impuso la voz. De nuevo, otros dos rayos, estos más cerca de la luz, emergieron de la tierra y se extinguieron en silencio y con languidez en el negro firmamento, mientras la voz continuaba dándoles instrucciones para que tan solo uno de ellos, un hombre con el alma limpia, es decir, Abelardo, se acercase hasta la fuente de la incólume luz, mientras que su impuro acompañante, o sea Marco Aurelio, no tenía el derecho de hacerlo sino desde el sitio en el que en ese momento estaba.

Marco Aurelio, para ese momento, ya no tenía fuerzas, ni voluntad, para objetar las absurdas e incoherentes instrucciones, como le parecieron, así que se acomodó en una saliente de roca a la orilla del enmontado camino, indicándole a su acompañante que procediera como lo ordenaba la "mandinga" voz aquella. Abelardo, escénicamente, quiso desobedecer la voz y tomó a Marco Aurelio del brazo para hacerlo continuar, mientras le decía que quien tendría que ir a marcar el sitio del entierro, a él le parecía, era directamente el interesado y afectado; además, que así lo habían acordado esa tarde. Sin embargo, en ese instante, la luz se apagó y cuatro rayos, a su alrededor, emergieron al unísono de la tierra, haciendo, esta vez, retumbar con su aérea explosión los cielos de El Porvenir, tras lo cual hubo un silencio sepulcral al menos durante los tres siguientes minutos.

Marco Aurelio, exhausto, asustado y enojado, volvió a recostarse sobre el pedrusco de donde lo había levantado su guía espiritual, mientras le manifestaba que debían seguir al pie de la letra las indicaciones de la maldita voz aquella, si querían hacer las cosas bien. Abelardo no dijo nada. Esperó por espacio de un minuto más, hasta cuando la luz retornó en el horizonte. Abelardo alumbró con su linterna el rostro de Marco Aurelio, quien le manifestó con voz queda que hiciera lo que tenía que hacer. Abelardo, fingiendo obligada obediencia, se echó al hombro la lona con las herramientas y las estacas y se dirigió hacia el lugar, pocos metros más adelante, donde estaba la luz. Marco Aurelio lo observó, guiado por el haz que iba dejando su linterna, hasta cuando llegó al epicentro de la llama, la cual, en ese instante, se apagó, junto con la linterna de Abelardo. Esto, desde luego, le impidió a Marco Aurelio observar lo que pasó durante los siguientes interminables y friolentos quince minutos. Al cabo de ese tiempo, Marco Aurelio volvió a ver el rayo de luz emitido por la linterna que llevaba Abelardo, su guía espiritual, ya de regreso hacia donde él lo esperaba.

Al estar de nuevo a su lado, Abelardo, sonriente, le confirmó a Marco Aurelio que ya estaba hecho. Que el sitio estaba marcado con las estacas sagradas; por lo que, siguiendo las precisas instrucciones de la voz, le dijo, mañana mismo tenían que comenzar con la labor del conjuro y posterior desentierro; para lo cual había que dejar pasar doce horas exactas; que por esa noche no había nada más que hacer sino ir a descansar; y así lo hicieron. Desde luego que Marco Aurelio logró conciliar el sueño gracias a la dosis de dormidera que Abelardo le suministró mezclada con el Poderoso Suero Restaurador y el Agua de la Maravilla, una vez regresaron a la alcoba.

Tras el nutritivo desayuno; cuyo plato fuerte lo constituyó un exquisito caldo caliente de pichón de paloma y pajarilla con papa y cilantro fresco, complementado con el Agua de la Maravilla y el Poderoso Suero Restaurador, y sin el asqueroso y lesivo influjo del Guare Guareta, por ahora suspendido; Marco Aurelio, con renovada y engañosa energía, sobre las nueve y cuarenta y cinco de la mañana ya estaba ansiosamente listo para la segunda etapa: el conjuro del sitio. Sin embargo, su chaparrete asistente espiritual lo calmó. Le recordó las instrucciones de la voz, en el sentido de que había que esperar doce horas para el siguiente paso, contadas desde el momento de la marcada. Que, por lo tanto, una vez almorzaran y Marco Aurelio fortaleciera aún más su cuerpo y espíritu, saldrían rumbo al sitio.

Luego de un suculento y nutritivo almuerzo; que desde cuando Marco Aurelio comenzó el tratamiento de limpieza no probaba, complementado una vez más con los mejunjes restauradores; los dos hombres salieron hacia el sitio, pasadas las doce del mediodía; en el momento cuando el sol coronaba de energía la prolija y pletórica de verde vida, campiña sumapaciente. Siguiendo las nocturnas instrucciones de la voz, Marco Aurelio solo llegó hasta cien metros antes del sitio donde se veían, colocadas en cruz, las estacas. Allí tuvo que esperar mientras Abelardo, teatralmente, conjuraba el lugar. Marco Aurelio, sentado, observó el ritual, pues el agotamiento con el pequeño esfuerzo de la caminata al rayo del sol volvió a vislumbrarse en su cuerpo, a hacer innegable la debilidad que lo carcomía.

Media hora después, Abelardo se acercó hasta donde permanecía Marco Aurelio y le indicó que ya podía avanzar, pero que no debía intervenir en el desentierro, ya que sus manos impías, manchadas de pecado, según la voz, no debían tocar nada de lo que allí esperaba por la redención desde hacía más de treinta años. Como quiera que la debilidad física de Marco Aurelio era evidente, aumentada por la deshidratación causada por los caniculares rayos del sol del mediodía paramuno, Abelardo lo rehidrató con un buen trago de Agua de la Maravilla y una copa de Poderoso Suero Restaurador. Tres minutos después, la acción de los mejunjes hizo su paliativo efecto y Marco Aurelio pudo asistir y presenciar, ser testigo, del desentierro, tras metro y medio de una relativa fácil excavación.

Ahí estaba un pequeño cofre hexagonal, hecho de madera. Parecía nogal. En su interior encontraron documentos aparentemente envejecidos y húmedos, los cuales tenían que ser leídos por un espíritu incólume, pero en el mismo sitio, y proceder de inmediato a quemarlos, junto con el cofre y las estacas sagradas, había precisado la nocturna voz, con severidad y tono amenazante. Marco Aurelio quiso leer los documentos, pero Abelardo se lo impidió, recordándole las instrucciones y los riesgos que los dos correrían si no obedecían. El decrépito gamonal aceptó de mal humor y se retiró a prudente distancia para permitir que su asistente espiritual los leyera con calma y durante casi treinta minutos. Una vez Abelardo concluyó la supuesta lectura, procedió a quemarlos junto con el cofre y las estacas. Luego esparció las cenizas, dramáticamente, sobre la tierra que había sido extraída del hoyo, mezclándola y arrojándola de nuevo al mismo sitio de donde fue sacada y, con algunas piedras que recolectó en las inmediaciones, procedió a mimetizar el lugar.

De regresó a la habitación, Marco Aurelio, afectado por la debilidad que carcomía su cuerpo, intentó, sin éxito, extraerle palabras a su guía espiritual, quien tras aquellos falaces actos había enmudecido y dejaba ver en su rostro una impresionante mueca de preocupación y desespero, que no dejaba de ser fingida, sobreactuada, pero que Marco Aurelio ya no estaba en condición de discernir como tal, o ya no le importaba, pese al "nacional" embuste que cada vez era más estridente.

Solo hasta las cuatro de la tarde del mismo día, una vez tomó una reforzada dosis de Poderoso Suero Restaurador y de Agua de la Maravilla, Marco Aurelio, casi suplicante, le logró sacar palabra a su guía espiritual. Abelardo, entonces, procedió a decirle que lo que él leyó en esos mohosos documentos lo había impactado y afectado, de tal manera, que su mente confundida no lograba la ideación coherente para comunicárselo. Que lo disculpara, y que le aseguraba, de antemano, que nadie más en el mundo escucharía de él, lo que ahora le tenía que comunicar. Sí, que se lo tenía que decir, pues ese había sido el acordado compromiso entre los dos; pero, que ojalá nunca le hubiera tocado leer aquello… y menos, tener que contárselo ahora, y seguir las instrucciones de la implacable y atemorizante voz nocturna.

Golpeados su organismo y entendimiento con los mejunjes del Indio Guarerá y las acciones y palabrería de su guía espiritual, Marco Aurelio quedó expósito para lo que sus timadores quisieran hacer con él. Cuerpo y alma fueron trabajados con tremebunda estrategia para que el último y más caro de sus predios mutara de propietario.

Abelardo le resumió a Marco Aurelio, después de tramada actuación, que, según lo leído en los documentos encontrados en el cofre, su padre, don Ismael Mancipe, se había hecho de forma por demás sanguinaria a la propiedad del latifundio que ahora era El Porvenir. Que para tal ardid tuvo que aniquilar y enterrar en sus inmediaciones a no menos de once familiares de los legítimos propietarios, incluyendo a una monja que presenció el hartazgo. También le habló sobre el papel que jugó aquel predio, en especial en los parajes más recónditos, inhóspitos e inaccesibles, durante la violencia nacional cuando don Ismael, y el mismo Marco Aurelio, lo convirtieron en sepultura de sus enemigos, a los que no dudaron en hacerles el corte de franela para "limpiar" el camino hacia el poder; tal y como lo había hecho, hacía poco, su hijo Iván Alfredo con algunas de las innumerables víctimas del grupo del cual aún era Comandante. No faltó, por supuesto, la información relacionada con sus cinco contratadas maternidades con su esposa; inmunda transacción celebrada y ejecutada allí mismo, y cuyos productos, sus hijos, no eran lo que la sociedad admirara o necesitara, precisamente. Por el contrario, eran, todos, una vergüenza, un peligro, un mal ejemplo para la región y la comunidad sumapaciente. Era el caso de Iván Alfredo, temible homicida; y de Roberto, delincuente de innumerables y pequeñas causas; y de Libarelí Alcides, el intocable y protegido Monstruo Antropófago del Sumapaz; y de Lucracia, la rapaz y enferma administradora de los recursos de la iglesia del pueblo; y de Flavia Francisca, libertina mujer quien, tras su regreso de la ciudad capital, ahora pretendía corromper las sanas costumbres femeninas de la comarca.

Si bien era cierto todo lo que aquel forastero le resumió en menos de quince minutos, también lo era que gran parte de esas verdades, Marco Aurelio Mancipe lo creía así, muy pocos, y casi nadie distinto a él y a su padre, las sabían. Entonces, ¿cómo era que este hombre recién llegado, quien no salía de El Porvenir por estarlo atendiendo, además, gratis, las conocía con tal precisión? No tenía duda: había sido una revelación del desentierro. Un mensaje del más allá. Una cuenta por saldar, como se lo anticipó Abelardo, su incólume guía espiritual.

Convencido (inducido) de ello, Marco Aurelio, entonces, se apresuró a preguntar por el siguiente paso. Abelardo, pletórico de contenida emoción por sus logros, volvió a guardar silencio durante el resto de la tarde. Había que dejar a fuego lento que el guisado se cocinara en sus propios jugos.

Tras una nueva, suculenta y nutritiva comida, también acompañada con los mejunjes restauradores, Abelardo procedió a responder la pregunta de Marco Aurelio. Le dijo que aquella tierra estaba maldita, como malditos estarían todos los Mancipe mientras fueran sus formales propietarios. Que la única forma de limpiar esa tierra y a sus podridos detentores, lo leyó en los documentos, era convirtiéndola en un santuario en donde pudiera encontrar consuelo y ayuda espiritual, en forma gratuita, cualquier ser humano que así lo requiriera, incluidos los Mancipe, quienes, de no hacerse tal redención en el lapso de la siguiente semana, estaban condenados a la inminente y trágica aniquilación, incluido él, don Marco Aurelio, enfatizó el chaparrete sicólogo, estallando en lágrimas.

Una semana después Marco Aurelio ya había firmado, allá, en la capital, asesorado por su abogado de confianza, el doctor Germán Villarte Lopera, la mutación de dominio de su último predio, a nombre de su guía espiritual, Abelardo Ramírez González; con una condición, a título de contraprestación: permitirles, a él y a sus hijos que así lo solicitaran, seguir allí y obtener por siempre y por parte de la benemérita congregación aquella, como hasta ahora, la ayuda, la asistencia espiritual gratuita.

Una vez Marco Aurelio firmó en la notaria la venta de su postrera propiedad, su salud tuvo una inducida y fulminante recaída. La debilidad corporal se hizo más que notoria, razón por la cual el Maestro y Profesor Luz de Esperanza, quien se hizo presente en la notaría, dispuso su traslado, por órdenes telefónicas del Iluminado, hacia uno de los consultorios periféricos de la O.V.T. Allí le fue suspendido el Poderoso Suero Restaurador y el Agua de la Maravilla. A cambio, se le dio una "mejorada" dosis del Guare Guareta. Al siguiente día, al amanecer, casi moribundo, fue sacado de aquel lugar y dejado sobre un andén en un lejano y pobrísimo barrio, a la salida de la capital del país, donde lo recogió una patrulla de la Gendarmería y lo llevó a un hospital de caridad.

Tres días después, y en presencia de sus dos hijas, Marco Aurelio Mancipe murió víctima de la disentería, en concomitancia con un descomunal quiste de amebas que le estranguló el cerebro. Falleció mientras balbuceaba maldiciones contra el Indio Guarerá, contra un tal Profesor y Maestro Luz de Esperanza, contra su guía espiritual, un tal Abelardo Ramírez González, y contra su abogado, el doctor Germán Villarte Lopera, y, desde luego, culpando de su letal desgracia, de su letal enfermedad, al ya renombrado brebaje: El Guare Guareta.

Lucracia y Flavia Francisca, al oírlo maldecir a esas personas, y luego, al descubrir, demasiado tarde, la estafa de la que fue víctima su padre, iniciaron una infructuosa demanda penal contra los citados por él en su lecho de muerte. Proceso del cual salieron muy rápido, y bien librados, los demandados, gracias a los efectivísimos entronques judiciales y repartidas dádivas y coimas del doctor Villarte entre los honorables administradores de justicia que conocieron este otro negocio.

Epílogo

Casi cincuenta años después de la promulgación de las tres Redenciones Nacionales y, precisamente, durante la presidencia del doctor Álvaro María Uribia Vinchira —hijo biológico de Ignacio José Mencino y Luz Divina Vinchira, esposa del hijo del expresidente Abelardo Uribia Morales— se hicieron presentes, no los primeros, pero sí los más devastadores efectos de la maldición del tres. La Triada Maldita se hizo sentir. La imprecación hecha por el padre Sarmiento se cumplió y comenzó el avizorado castigo sobre la sociedad nacional.

Y no solo fue Magola Rojas, la afamada pitonisa hija no reconocida del sanguinario Iván Alfredo Mancipe Gómez, la que pronosticó y difundió algunos de los eventos escritos por Joaquín Cifuentes y sus otros dos hermanos; predichos, también, por el maldiciente padre Sarmiento, allá, en Oroguaní, a comienzos del siglo anterior, la centuria de la ignominia nacional; sino que reconocidos y multidisciplinarios científicos de diversas latitudes del mundo los estudiaron, corroboraron, advirtieron y dieron variadas, oportunas, factibles y viables alternativas para su mitigación.

Sin embargo, para tal época, la Voracidad Social, el Amorfismo del Intelecto Nacional y el Desapego Patrio dejaron de ser crónicos para convertirse en dolorosos, supurantes, rampantes e incontenibles males terminales; muy parecidos a las feas y mefíticas llagas que consumieron la humanidad de Lucracia Mancipe Gómez, enclaustrada en su habitación de la casa cural de su pueblo natal.

Por tal quid, quizá, poco y casi nada lograron hacer, o quisieron hacer, los por demás corruptos Gobiernos de turno de aquella media centuria, excepto enriquecerse ellos y empobrecer, aún más, a sus alelados mandantes; razón por la cual, tal vez, el Presidente Uribia Vinchira se declaró, con descaro, incapaz —o no le importó, ya que los suyos estaban ilesos y robustos en Europa— para afrontar, y menos para contrarrestar, la devastación desbordada durante su por demás corrupta y dictatorial administración. Justificó el mandatario delfín que su Gobierno, con los pocos recursos que aún le quedaban al país, no tenía cómo mitigarle y menos remediarle a sus connacionales sobrevivientes y damnificados los lacerantes efectos de aquella hecatombe nacional. Entonces, optó por una salida "digna" y fácil, antes de irse del país a disfrutar en Europa y Miami de una incalculable y empalagosa fortuna, en compañía de los suyos, los Vinchira López, y de otras "personalidades" de tal prosapia: entregarle el poder a sus arribistas enemigos políticos, antes sus aliados, que voraces desataron la más agreste pugna a la persiga y disfrute de la abandonada carroña, olvidando por completo la desgracia nacional. La cual, como lo predijo el padre Aníbal Sarmiento, allá, en Oroguaní, a comienzos del siglo anterior, centuria de ignominia nacional, se hizo sentir sobre la sociedad mediante aquel propiciado como destructivo y letal pulso celestial. Lluvia de meteoros que, durante el peor invierno de la historia patria y, en consecuencia, anegación, desestabilizaron la orografía nacional que se estremeció durante tres días seguidos, con igualmente violentas réplicas durante seis meses más.

Los nacionales no acataron, ni siquiera se detuvieron a considerar una sola vez, las hipótesis planteadas por los trillizos Cifuentes Cifuentes para contrarrestar el impacto de las vicisitudes que, inexorables, los acechaban; pues por las venas del noventa y nueve por ciento de ellos corría, impetuosa, la inficionada y aún más cáustica y enrarecida sangre nacional, dadas las indiscriminadas fraguas de los Mencino, los Mancipe, los Gómez, los Vinchira y los Uribia.

Para entonces, casi todos los nacionales eran de mala prosapia, y tal influjo se impuso de forma arrolladora sobre las buenas, perennes e insuficientes acciones de las reiteradas guardas de la Manda Salvadora Nacional, trasferida por Zoila a Gilda, y, de ésta, a María Victoria Cifuentes Cifuentes, quien a su vez lo hizo, antes de morir, con María Cristina Rodríguez, la esposa de Rubén, el hijo de Flavia Francisca Mancipe Gómez.

Ellos, María Cristina y su esposo, él Mancipe y ella Mencino, no reconocida, durante el atardecer de aquel fatídico como perdido siglo, y contra todo pronóstico; aunque murieron por ello, no sin antes perpetuar la especie y transferir la Manda; instaron reconstruir la derruida patria, aún plagada de ingentes, exclusivos, expósitos y foráneamente codiciados recursos naturales, base energética para las siguientes treinta y nueve generaciones mundiales.

Empero, su esfuerzo y su derramada sangre permitieron, finalmente, sentar la primera piedra para la edificación de un mejor país... quizá.

Made in the
USA
Monee, IL